T0055187

CUENTOS DE CHÉJOV

ALMA CLÁSICOS ILUSTRADOS

ANTÓN CHÉJOV

CUENTOS DE CHÉJOV

Traducción de Ricardo San Vicente y Juan López-Morillas

Ilustraciones de Madalina Andronic

Edición revisada y actualizada

www.editorialalma.com

@almaeditorial
@Almaeditorial

Diseño de la colección: lookatcia.com
Diseño de cubierta: lookatcia.com
Maquetación y revisión: LocTeam, S.L.

ISBN: 978-84-17430-83-2
Depósito legal: B17848-2019

Impreso en España
Printed in Spain

El papel de este libro proviene de bosques gestionados de manera sostenible.

ÍNDICE

NOTA DEL EDITOR

Pocos autores han captado como Antón Pávlovich Chéjov (1860-1904) los matices, la personalidad y las motivaciones de sus personajes. No en vano, inspiró el llamado método Stanislavski de interpretación, que debe su nombre al director del Teatro del Arte moscovita, donde se representaron sus dramas más recordados. Esta preocupación por el retrato de personajes es uno de los pilares de su ingente obra breve.

Porque Chéjov es un profundo conocedor del alma humana. El ejercicio de la medicina lo llevó a tratar con todo tipo de pacientes, lo que le proporcionó una visión completa de la sociedad rusa de su época. De aquí se deriva un retrato perfecto y complejo de personajes, en el que todos los actos tienen un porqué: la bondad y la ternura de Olga, la abnegada mujer sobre la que se sustenta la trama de «Campesinos»; el idealismo tan pueril como platónico del teniente Riábovich en «El beso»; el rencor y la incomprensión mutua del doctor Kirílov y su paciente Aboguin en «Enemigos»; la neurosis asocial del Bélikov de «El hombre enfundado»; el callejón sin salida de ese donjuán enamorado que es el Gúrov de «La dama del perrito» o la pasión y muerte, tan perfectamente sincronizadas con la Semana Santa, que sufre «El obispo» Piotr.

Pero esa mezcla de esperanza y pesimismo es también una suerte de autobiografía inconfesa, tanto más amarga cuanto más se acerca a su final prematuro, con apenas cuarenta y cuatro años. Si «La dama del perrito» (1899) es un trasunto de su matrimonio tardío con la actriz Olga Knipper, «El obispo» (1902), el penúltimo de sus casi 250 relatos, nos habla de la muerte que Chéjov, cuyos síntomas conocía dada su profesión, veía acercarse sin remedio. Con todo, ninguna imagen resulta tan turbadora como el comienzo de «Enemigos» (1887): ese niño muerto no es sino el propio Chéjov veinteañero a quien le acaban de diagnosticar la tuberculosis que a la postre acabará con su vida.

Las historias que ofrecemos a continuación son representativas de la obra de Chéjov, tanto por temática como por cronología interna. Son seis razones inmejorables para admirar a uno de los grandes maestros del relato breve y rendirle devoción eterna.

EL BESO

El veinte de mayo, a las ocho de la tarde, las seis baterías de la brigada de artillería de reserva N. que se dirigían al campamento se detuvieron a pasar la noche en la aldea Mestechki. En el momento de mayor alboroto, cuando algunos oficiales se afanaban en torno a las piezas y los demás, reunidos en la plaza junto a la verja de la iglesia, prestaban oídos a los aposentadores, de detrás de la iglesia apareció un jinete vestido de civil montado sobre un extraño caballo. Con un cuello hermoso y la cola corta, el caballo, pequeño y bayo, no avanzaba en línea recta sino un poco de lado, realizando con las patas unos leves pasos de danza, como si se las azotaran. Tras acercarse a los oficiales, el jinete levantó el sombrero y dijo:

—Su excelencia el teniente general Von Rabbek, hacendado local, invita a los señores oficiales a que vengan sin dilación a tomar el té a su casa.

El caballo hizo una reverencia, realizó unos pasos de baile y retrocedió de lado, tras lo cual el jinete volvió a levantar el sombrero y desapareció al instante con su caballo tras la iglesia.

—¡La fastidiamos! —rezongaban algunos oficiales mientras se dirigían a sus alojamientos—. ¡Con las ganas que tenemos de dormir y viene ahora este Von Rabbek con su té! ¡Sabemos cómo son estos tés!

Los oficiales de las seis baterías recordaron vivamente el caso del año anterior, cuando durante las maniobras fueron invitados del mismo modo, junto con los oficiales de un regimiento de cosacos, a tomar el té en casa de un conde, terrateniente y militar retirado. El hospitalario y cordial conde, tras colmarlos de atenciones, les dio de comer, de beber y no les dejó regresar a la aldea a sus alojamientos. Después los invitó a quedarse a dormir en su casa. Una muy buena idea, por supuesto, mejor imposible; lo malo fue que la presencia de aquellos jóvenes alegró sobremanera al militar retirado. Y estuvo hasta el alba contando a los oficiales episodios de su magnífico pasado, los paseó por las habitaciones mostrándoles cuadros de gran valor, viejos grabados, armas difíciles de encontrar y les leyó cartas auténticas de personajes de la alta sociedad; en cambio, los exhaustos y torturados oficiales escuchaban, contemplaban y, añorando sus camas, bostezaban prudentes ocultando la boca con sus mangas, y cuando por fin el dueño los dejó marchar ya era demasiado tarde para irse a dormir.

¿No sería igual ese Von Rabbek? Fuera igual o no, tampoco se podía hacer nada. Los oficiales se cambiaron, se lavaron y se marcharon en tropel en busca de la casa señorial. En la plaza, junto a la iglesia, les dijeron que a la casa de los señores se podía llegar o bien por abajo —si descendían tras la iglesia hacia el río y continuaban por la orilla hasta el mismo jardín, allí los paseos les conducirían hasta el lugar indicado—, o bien por arriba —directamente desde la iglesia por el camino que, a media versta de la aldea, iba a dar a los graneros de los señores—. Los oficiales decidieron ir por arriba.

—¿Cómo será este Von Rabbek? —se preguntaban por el camino—. ¿No será el mismo que en la batalla del Plevna mandaba la división de caballería N.?

—No, aquél no era Von Rabbek, sino sólo Rabbe y sin el «von».

—¡Vaya tiempo más bueno!

Junto al primer granero el camino se bifurcaba: un ramal seguía recto y se perdía en las penumbras de la noche, el otro doblaba a la derecha, hacia la casa señorial. Los oficiales doblaron a la derecha y hablaron en voz baja... A ambos lados del camino se sucedían unos graneros de piedra con techos rojos, las construcciones tenían un aire pesado y sombrío, muy parecido al de los cuarteles de una ciudad de provincias. Enfrente brillaban las ventanas de la casa señorial.

—¡Señores, buena señal! —dijo uno de los oficiales—. ¡Nuestro setter va delante! ¡Eso quiere decir que nos espera alguna presa!

El teniente Lobitko, que iba delante, un joven alto y robusto, pero sin una sombra de bigote (tenía más de veinticinco años, pero su cara redonda y cebada, no se sabe por qué, aún no mostraba vegetación alguna), célebre en la brigada por su olfato y su don en adivinar a distancia la presencia de las mujeres, se dio la vuelta y dijo:

—Así es, aquí debe de haber mujeres. El instinto me lo dice.

En la puerta de la casa los recibió el propio Von Rabbek, un viejo de aspecto agradable que rondaba los sesenta años, en traje de civil. Mientras saludaba con un apretón de manos, les decía que se sentía muy contento y feliz, pero les rogaba encarecidamente, por el amor de Dios, que lo perdonaran por no invitarlos a quedarse a dormir en su casa; habían llegado dos de sus hermanas con los niños, los hermanos y unos vecinos, por lo que no le quedaba ni una sola cama.

El general estrechaba las manos de todos, les pedía perdón y sonreía, pero por la expresión de su cara se podía leer que no estaba ni mucho menos tan contento de ver a los invitados como el conde del año anterior, y que había invitado a los oficiales sólo porque así lo exigían las buenas maneras. Y los propios oficiales, mientras subían por la mullida escalera y escuchaban sus palabras, notaban que habían sido invitados a esta casa porque habría resultado incómodo no invitarlos, y al ver a los lacayos que se apresuraban a encender las luces abajo en la entrada y arriba en el recibidor, les empezó a parecer que su presencia había traído consigo la intranquilidad y la alarma. En una casa donde se habían reunido dos hermanas con sus hijos, varios hermanos y los vecinos, seguramente con motivo de alguna celebración o acontecimiento familiar, ¿podía resultar agradable la presencia de diecinueve desconocidos oficiales?

Arriba, en la entrada de la sala, recibió a los invitados una anciana alta y esbelta con una larga cara de cejas negras, muy parecida a la emperatriz Eugenia. Con una sonrisa acogedora y majestuosa, decía sentirse contenta de ver a estos invitados, pero también se excusaba por que en esa ocasión su marido y ella no pudieran invitar a los señores oficiales a pasar la noche en

su casa. A juzgar por su bella sonrisa, expresión que se borraba al instante de su rostro en cuanto apartaba la mirada de los huéspedes, se veía que durante su larga vida había visto muchos señores oficiales, que ahora éstos la traían sin cuidado, y que si los había invitado a su casa y se excusaba era sólo porque así lo reclamaban su educación y posición en la alta sociedad.

En el gran comedor, donde entraron los oficiales, en un extremo de la larga mesa se sentaba tomando el té una decena de damas y caballeros, mayores y jóvenes. Detrás de las sillas de éstos, envuelto en una ligera nube de cigarros, destacaba un grupo de hombres; entre ellos se encontraba cierto joven escuálido con patillas pelirrojas que farfullaba contaba algo en inglés. Más allá del grupo, a través de una puerta, se veía una habitación iluminada con muebles de color azul.

—¡Señores, son ustedes tantos que resulta completamente imposible presentarlos a todos! —dijo en voz alta el general tratando de aparentar gran alegría—. Preséntense ustedes mismos, señores, sin más ceremonia.

Los oficiales, unos con rostros muy serios, hasta severos, otros con una sonrisa forzada y todos ellos muy incómodos, se presentaron como pudieron y se sentaron a tomar el té.

Quien más incómodo se sentía era el capitán Riábovich, un oficial de pequeña estatura y algo encorvado, con gafas y unas patillas de lince. Mientras algunos de sus compañeros mostraban sus caras serias y los demás dibujaban una sonrisa forzada, el rostro de Riábovich, sus patillas de lince y sus gafas parecían decir: «¡Soy el oficial más tímido, más modesto y más gris de toda la batería!». En los primeros momentos, al entrar en el comedor y luego mientras tomaba el té, no podía centrar su atención en ninguna persona u objeto. Las caras, los vestidos, los frascos de cristal tallado con coñac, el vapor de los vasos, las molduras del techo, todo se fundía en una sola y enorme impresión que llenaba a Riábovich de alarma y de deseos de esconder la cabeza. A semejanza de un recitador que actúa por primera vez ante el público, veía todo lo que aparecía ante sus ojos, pero no comprendía muy bien lo que veía (cuando un sujeto ve pero no entiende lo que ve, los fisiólogos llaman a este estado «ceguera psicológica»). Pero al cabo de un rato, tras habituarse al lugar, Riábovich empezó a comprender lo que veía y se dispuso a contemplar. Como persona tímida y poco sociable, lo primero que le saltó a la vista fue aquello que nunca había poseído: justamente el extraordinario arrojo de sus nuevos conocidos. Von Rabbek, su esposa, dos damas de edad, cierta señora con un vestido de color lila y el joven de las patillas pelirrojas, que resultó ser el hijo menor de los Rabbek, se colocaron con gran astucia, como si antes lo hubieran ensayado, entre los oficiales y al instante provocaron una calurosa disputa, en la que no podían no intervenir los invitados. La dama de color lila se dispuso a demostrar con gran entusiasmo que los artilleros vivían muchísimo mejor que los de caballería e infantería. En cambio, Rabbek y las damas mayores afirmaban lo contrario. Surgió una disputa cruzada. Riábovich miraba a la dama de lila que hablaba con gran pasión de un tema que le era ajeno por completo y que no le interesaba para nada, y observaba cómo en la cara de la dama aparecían para desaparecer al momento unas sonrisas hipócritas.

Von Rabbek y su familia inducían con pericia a participar en la discusión a los oficiales, y al mismo tiempo estaban muy pendientes de los vasos y las bocas, de si todos bebían, si a todos les habían servido pasteles y por qué aquél no comía *biscuits* y el otro no tomaba coñac. Y cuanto más miraba y escuchaba Riábovich, más le gustaba esta familia tan poco sincera pero tan perfectamente disciplinada.

Después del té los oficiales pasaron al salón. La intuición no había engañado al teniente Lobitko: en la sala había muchas señoras y damas jóvenes. El teniente setter ya se encontraba junto a una rubia jovencita vestida de negro y con gesto arrogante, como si se apoyara en una invisible espada, sonreía y movía los hombros. Seguramente estaría contando alguna sandez muy interesante, porque la rubia miraba displicente su cara cebada y preguntaba con indiferencia «¿Usted cree?». Y a juzgar por este frío «usted cree» el setter, si hubiera sido inteligente, habría concluido que era muy poco probable que le dieran la orden de «¡adelante!».

Retumbó el piano; un vals melancólico salió volando del salón por las ventanas abiertas de par en par, y todos, por alguna razón, recordaron que tras las ventanas reinaba entonces la primavera y que aquélla era una noche de mayo. Todos se dieron cuenta de que el aire olía a hojas tiernas de álamo, a rosas y a lilas. Riábovich, en cuyo cuerpo el coñac que se había tomado dio señales de vida, miró de reojo hacia la ventana, sonrió y se puso a seguir los movimientos de las mujeres, y entonces ya no le pareció que el olor de las rosas, de los álamos y de las lilas venía del jardín, sino de las caras de las mujeres y de sus vestidos.

El hijo de Rabbek invitó a bailar a cierta muchacha escuálida y dio dos vueltas con ella. Lobitko, deslizándose por el parqué, se posó junto a la dama de lila y se lanzó con ella por la sala. Empezó el baile... Riábovich se encontraba junto a la puerta, entre los que no bailaban y observaba. Nunca en toda su vida había bailado una sola vez y nunca había tenido ocasión de estrechar el talle de una mujer honesta. Le gustaba horrores ver cómo un hombre tomaba por la cintura a una muchacha desconocida, ante todo el mundo y le ofrecía su hombro para la mano de la muchacha, pero no podía ni imaginarse a sí mismo en el lugar de esta persona. Hubo un tiempo en que envidió el valor y la habilidad de sus compañeros y sufría por ello. Saberse tímido, algo encorvado y gris, con un talle demasiado largo y unas patillas de lince, todo eso lo humillaba profundamente, pero con los años se acostumbró a la evidencia, y ahora, cuando observaba a unos bailarines o a alguien que hablaba en voz alta, ya no sentía envidia, sino sólo experimentaba un sentimiento de tierna tristeza.

Cuando empezó la *quadrille,* el joven Von Rabbek se acercó a quienes no bailaban e invitó a dos oficiales a jugar al billar. Los oficiales aceptaron y abandonaron la sala. Como no tenía nada mejor que hacer, pero sí deseaba participar aunque fuera de algún modo en el movimiento general, se dejó llevar por sus compañeros. Del salón pasaron al recibidor, luego atravesaron un estrecho pasillo acristalado, de ahí a una habitación donde ante su aparición las figuras soñolientas de tres lacayos se levantaron de un salto de los divanes. Y finalmente, tras atravesar toda una sucesión de habitaciones, el joven Rabbek y los oficiales entraron en un pequeño aposento donde se encontraba la mesa de billar. Empezó el juego.

Riábovich, que nunca había jugado a nada que no fueran las cartas, se mantenía de pie junto al billar y miraba indiferente a los jugadores; éstos, en cambio, con las guerreras desabrochadas, con los tacos en las manos, se movían a grandes pasos, bromeaban y lanzaban palabras incomprensibles. Los jugadores no se daban cuenta de su presencia y sólo de vez en cuando alguno de ellos, al empujarlo con el codo o darle un golpe sin querer con el taco, se dirigía a él para decirle: *«Pardon!»*.

Aún no había terminado la primera partida cuando se empezó a aburrir y le pareció que allí estaba de más y estorbaba... De nuevo se sintió atraído por la sala y abandonó el cuarto.

Durante el camino de vuelta le ocurrió una pequeña aventura. A medio recorrido se dio cuenta de que no iba bien encaminado. Recordaba perfectamente que en su trayecto debía encontrarse a los tres lacayos soñolientos, pero ya había dejado atrás cinco o seis habitaciones y a aquellas figuras se diría que se las había tragado la tierra. Al descubrir su error, retrocedió un poco, tomó a la derecha y apareció en un despacho sumido en la penumbra que antes, cuando se había dirigido al cuarto de billar, no había visto; después de quedarse allí parado medio minuto abrió decidido la primera puerta que se encontró a su paso y entró en una habitación completamente a oscuras. Se veía enfrente la rendija de la puerta por la que se abría paso un chorro brillante de luz, y detrás de la puerta le llegaban, apagados, los sonidos de una mazurca. Aquí, igual que en la sala, las ventanas estaban abiertas de par en par y olía a álamos, a lilas y a rosas...

Riábovich se detuvo pensativo... Y en este instante, de forma completamente inesperada para él, oyó unos pasos apresurados y el frufrú de un vestido, una voz entrecortada de mujer susurró «¡Por fin!», y dos manos suaves, olorosas, indudablemente de mujer, le abrazaron el cuello; a su cara se apretó otra mejilla ardiente y al instante se oyó el sonido de un beso. Pero de inmediato la mejilla del beso lanzó un grito y se apartó bruscamente de él con gesto de repugnancia, como le pareció a Riábovich. También él estuvo a punto de gritar y se lanzó hacia la brillante rendija de luz que llegaba de la puerta...

Cuando regresó a la sala, el corazón le latía con fuerza y las manos le temblaban de manera tan perceptible que se apresuró a esconderlas tras la espalda. En los primeros momentos lo torturaron la vergüenza y el miedo, la idea de que toda la sala estaba enterada de que hacía un momento lo había abrazado y besado una mujer. Riábovich se encogía y miraba inquieto a

todas partes, pero al fin convencido de que en la sala bailaban y charlaban como antes la mar de tranquilos, se entregó todo él a esa nueva sensación, algo que hasta hoy nunca había experimentado en su vida.

Le ocurrió algo extraño... Su cuello, que hacía un instante había sido abrazado por aquellas suaves y olorosas manos, le parecía que estaba untado de aceite; y en la mejilla, junto al bigote de la izquierda, donde lo había besado la desconocida, le temblaba un ligero y agradable frescor, como el que producen las gotas de menta, y cuanto más lo frotaba con más intensidad sentía ese frescor, y todo él, desde la cabeza hasta la punta de los pies, estaba lleno de un nuevo y extraño sentimiento, un sentimiento que no paraba de crecer... Le entraron ganas de bailar, de hablar, de correr al jardín y de reírse a grandes carcajadas... Se olvidó por completo de que era un ser algo encorvado y gris, que tenía unas patillas de lince y una «apariencia indefinida» (así se refirieron en cierta ocasión a su aspecto en una conversación entre mujeres y que él escuchó por casualidad). Cuando la esposa de Rabbek pasó a su lado, Riábovich le sonrió de forma tan efusiva y cariñosa que ésta se detuvo y lo miró expectante:

—¡Me encanta horrores su casa! —dijo arreglándose las gafas.

La generala, tras una sonrisa, le contó que la casa ya había pertenecido a su padre; luego le preguntó si sus progenitores aún vivían, si hacía mucho que estaba en el ejército y por qué estaba tan delgado, etc. Después de recibir respuesta a sus preguntas, siguió su camino, y él, después de aquella conversación con la señora, sonrió con aún mayor ternura y llegó a pensar que lo rodeaba una gente maravillosa...

Durante la cena Riábovich comió sin fijarse todo lo que le ofrecieron, también bebió y, sin escuchar nada, se esforzaba por hallar una explicación a su reciente aventura. Lo sucedido tenía un carácter misterioso y romántico, aunque no era complicado explicarlo. Seguramente una señorita o una dama había concertado una cita en aquella habitación oscura, había esperado largo rato y, dado su estado de excitación nerviosa, creyó que Riábovich era su héroe; esto era aún más probable, dado que Riábovich, al pasar por la habitación oscura se detuvo pensativo, es decir, tenía el aspecto de una persona que espera algo... Así se explicó Riábovich el beso recibido.

«¿Quién será ella? —se dijo examinando los rostros femeninos—. Ha de ser joven, porque las viejas no van a citas. Que además era culta se notaba por el frufrú del vestido, por el olor y por la voz...»

Detuvo la mirada en la señorita de lila, y la joven le gustó mucho; tenía unos hombros y unos brazos hermosos, una cara inteligente y una voz espléndida. Al contemplarla, Riábovich quiso que fuera justamente ella y no alguna otra aquella desconocida... Pero la joven lanzó una risita hipócrita y arrugó su larga nariz, que a él le pareció de vieja; entonces trasladó su mirada a la rubia del vestido negro. Era más joven, más sencilla y sincera, tenía unas sienes encantadoras y bebía con mucha elegancia de su copa. Y Riábovich entonces quiso que fuera ella la del beso. Pero pronto le pareció que tenía una cara plana y dirigió la mirada a su vecina...

«Es difícil acertar —se decía mientras soñaba—. Si a la de lila le agarras sólo los hombros y los brazos, y le añades las sienes de la rubia, y tomas los ojos de ésta que se sienta a la izquierda de Lobitko, entonces...»

Sumó los detalles en su mente y le resultó la imagen de la muchacha que lo había besado, la imagen que quería pero que no podía de ninguna manera encontrar en la mesa.

Después de la cena, los invitados, llenos y algo bebidos, se despidieron de los anfitriones no sin antes darles las gracias. Éstos volvieron a pedir excusas por no haber podido dejarles pasar la noche en su casa.

—¡Estoy muy, muy contento, señores! —decía el general, en esta ocasión con más sinceridad (seguramente por el hecho de que cuando se despide a los invitados la gente es mucho más sincera y bondadosa que cuando los recibe)—. ¡Muy contento! ¡Vengan de nuevo en el camino de vuelta! ¡Sin cumplidos! ¿Pero adónde van? ¿Quieren ir por arriba? No, mejor vayan por el jardín, por abajo, es más cerca.

Los oficiales se dirigieron al jardín. Después de las brillantes luces y del ruido, el jardín les pareció muy oscuro y callado. Caminaron en silencio hasta la verja. Estaban algo borrachos, alegres, contentos, pero la penumbra y el silencio los movieron a quedarse pensativos por un momento. A cada uno de ellos, al igual que a Riábovich, seguramente les pasó por la cabeza el mismo pensamiento: ¿llegará algún día el tiempo en que ellos, a semejanza de Rabbek, tendrán una gran casa, una familia, un jardín, cuando también ellos tengan la posibilidad de agasajar, aunque sea de manera fingida, a unos invitados, la oportunidad de dejarlos saciados, borrachos y satisfechos?

Tras atravesar la verja, todos rompieron a hablar al mismo tiempo y se echaron a reír a grandes carcajadas sin motivo alguno. Seguían el sendero que descendía hacia el río y luego continuaba junto al agua, bordeando los arbustos ribereños, las pozas y los sauces que colgaban sobre las aguas. La orilla y el camino casi no se veían y la otra orilla se sumergía en la oscuridad. Aquí y allá sobre las oscuras aguas se reflejaban las estrellas; éstas temblaban y se difuminaban y solamente por eso uno podía adivinar que el río bajaba deprisa. Reinaba el silencio. En la otra orilla gemían soñolientos los chorlitos, y en ésta, en uno de los arbustos, sin prestar atención alguna al tropel de oficiales, lanzaba sonoros trinos un ruiseñor. Los oficiales se detuvieron junto al arbusto y lo tocaron, pero el ruiseñor seguía con su canto.

—¡Míralo! —se oyeron exclamaciones de admiración—. ¡Estamos aquí mismo y él ni el menor caso! ¡Vaya pieza está hecho!

Al final del recorrido, el sendero ascendía y desembocaba en el camino junto a la valla de la iglesia. Allí los oficiales, agotados por el ascenso, se sentaron y se pusieron a fumar. En el otro lado del río asomó una mortecina lucecilla roja y ellos, como quien no tiene nada mejor que hacer, se pasaron largo rato decidiendo si se trataba de un fuego reflejado en una ventana o alguna otra cosa... Riábovich también se fijó en el fuego y le pareció que éste le sonreía y le hacía guiños como si estuviera enterado del episodio del beso.

Al llegar a su cuarto, Riábovich se desvistió a toda prisa y se acostó. Con él, en la misma isba se alojaban Lobitko y el teniente Merzliakov, un joven tranquilo y callado que entre los suyos era considerado como un oficial culto y que siempre, en cuanto se le presentaba la oportunidad, leía *El Mensajero de Europa*[1] que llevaba siempre consigo a todas partes.

---

1 Revista cultural mensual rusa, fundada en 1802 (y resucitada en 2001 después de su cierre en 1918), dedicada a la literatura, la historia, la política, la filosofía y la cultura europeas.

Lobitko, tras desvestirse, se pasó largo rato yendo de un rincón al otro del cuarto con el aire de una persona insatisfecha, y mandó al ordenanza a por cerveza. Merzliakov se acostó, puso una vela en la cabecera y se sumergió en la lectura de *El Mensajero de Europa*.

«¿Quién era ella?», pensaba Riábovich con la vista fija en el techo cubierto de hollín.

Todavía le continuaba pareciendo tener el cuello untado de aceite y seguía sintiendo junto a la boca aquel frescor que se parecía a las gotas de menta. En su imaginación asomaban los hombros, los brazos de la señorita de lila, las sienes y los ojos sinceros de la rubia vestida de negro, cinturas, vestidos, broches... Se esforzaba por centrar la atención en estas imágenes, pero éstas saltaban, temblaban y titilaban. Cuando sobre el amplio fondo negro, que ven todas las personas cuando cierran los ojos, estas imágenes desaparecían por completo, entonces empezaba a oír pasos apresurados, el frufrú de los vestidos, el sonido del beso y lo invadía una alegría inmensa e inopinada... Entregado a este estado de alegría, oyó como el ordenanza regresó e informó de que no había cerveza. Lobitko se sintió terriblemente enojado y de nuevo empezó a deambular a grandes zancadas.

—¿Será idiota? —exclamaba y se detenía ora frente a Riábovich, ora frente a Merzliakov—. ¡Qué imbécil y qué burro hay que ser para no encontrar cerveza! ¿Eh? ¿No me diréis que no es un sinvergüenza?

—Está claro que aquí no se puede encontrar cerveza—dijo Merzliakov sin apartar la mirada de El Mensajero de Europa.

—¿Sí? ¿Eso cree usted? —no se calmaba Lobitko—. Por todos los santos, vosotros dejadme tirado en medio de la Luna y os encontraré cerveza y mujeres al instante. Ahora mismo voy y lo veréis. ¡Llamadme embustero si no doy con ella!

Tardó en vestirse y en ponerse sus grandes botas, luego se fumó en silencio un cigarrillo y se fue.

—Rabbek, Grabbek, Labbek —farfulló cuando se detuvo en el zaguán—. No me apetece ir solo, maldita sea. Riábovich, ¿no le apetece dar un paseo? ¿Dígame?

Al no recibir respuesta decidió regresar lentamente, se desvistió y se metió en la cama. Merzliakov suspiró, dejó a un lado *El Mensajero de Europa* y apagó la vela.

—Vaya, vaya —murmuró Lobitko encendiendo a oscuras un cigarrillo.

Riábovich se tapó hasta cubrirse la cabeza y, hecho un ovillo, trató de reunir en su imaginación las imágenes que brotaban en su mente y fundirlas en un todo. Pero no le salía nada. No tardó en dormirse y su último pensamiento fue que alguien lo había llenado de afecto y de alegría, que en su vida había ocurrido algo extraordinario, un suceso estúpido, es verdad, pero bueno y gozoso. Y esta idea no lo abandonó ni mientras dormía.

Cuando se despertó había desaparecido la sensación del aceite en el cuello y del frescor de menta junto a los labios, pero, al igual que el día anterior, la alegría corría por su pecho como una ola. Miró entusiasmado los marcos de las ventanas, doradas por el sol naciente, y prestó atención a los movimientos que se producían en el exterior. Junto a la ventana hablaban en voz alta. El jefe de la batería de Riábovich, Lebedinski, que justo había dado alcance a la brigada, charlaba a voz en grito, por la falta de costumbre de hablar en voz baja, con su sargento primero.

—¿Y qué más? —gritaba el comandante.

—Durante el herrado de ayer, Excelencia, herraron a Golúbchik. El practicante le aplicó barro con vinagre. Ahora lo conducen de las riendas, aparte. También, Excelencia, ayer el herrero Arséniev se emborrachó y el teniente mandó que lo ataran en el avantrén de la cureña de repuesto.

El sargento informó asimismo de que Kárpov se había dejado los cordones nuevos de las cornetas y las estacas para las tiendas y que los señores oficiales tuvieron a bien visitar al general Von Rabbek. En medio de la conversación en la ventana apareció la cabeza de Lebedetski con su barba pelirroja. El hombre miró entornando sus ojos miopes las caras soñolientas de los oficiales y saludó:

—¿Todo en orden? —preguntó.

—El caballo limonero se ha rozado la cerviz —respondió Lobitko entre bostezos—, ha sido la nueva collera.

El jefe suspiró y, tras pensar un instante, dijo en voz alta:

—Aún tengo la intención de ir a visitar a Alexandra Yefgráfovna. He de ir a verla. Bueno, me despido. Les alcanzaré por la noche.

Al cabo de un cuarto de hora la brigada se puso en marcha. Cuando pasaba por la carretera junto a los graneros de Von Rabbek, Riábovich miró a la derecha hacia la casa. Las ventanas estaban tapadas por unas celosías. Seguramente todos dormían. También dormía la desconocida que el día anterior había besado a Riábovich. Quiso imaginársela dormida. La ventana del dormitorio abierta de par en par, unas ramas verdes que se asomaban a la ventana, el fresco de la mañana, el olor de los álamos, las lilas y las rosas, la cama, una silla y sobre ella el vestido del que ayer le había llegado el frufrú, los zapatitos, el reloj sobre la mesa; todo eso se lo imaginó con claridad y precisión, pero los rasgos de la cara, la deliciosa y soñolienta sonrisa, es decir, justamente lo más importante y característico, se le escapaba de la imaginación, como el mercurio entre los dedos. Tras recorrer media versta, miró atrás: la iglesia amarilla, la casa, el río y el jardín se llenaban de luz: el río, con sus orillas de un verde rutilante, reflejando el azul del cielo, lanzando aquí y allá destellos dorados a la luz del sol, se mostraba muy hermoso. Riábovich miró por última vez hacia Mestechki y se sintió profundamente triste, como si se despidiera de algo muy cercano y querido.

Entretanto, en el camino su mirada se encontraba sólo con cuadros bien conocidos desde hacía tiempo y carentes de interés... A derecha e izquierda, campos de centeno joven y de alforfón, por entre los que saltaban los grajos; miraba uno hacia adelante y no veía más que polvo y cogotes, y miraba uno hacia atrás y se encontraba con la misma polvareda y las mismas caras... Por delante avanzaban a pie cuatro hombres armados de sables: era la primera línea. Le seguía un tropel de cantores y, tras ellos, los cornetas a caballo. La primera línea y los cantores, como los portadores de las antorchas en los entierros, se olvidaban a cada momento de mantener la distancia de rigor y avanzaban en exceso... Riábovich marchaba junto a la primera pieza de la quinta batería. Veía las cuatro baterías que marchaban delante de él. A una persona no militar esta larga y pesada hilera, que es como se ve una brigada en movimiento, le podía parecer una muchedumbre confusa y de aspecto enigmático; no se entendía por qué junto a una pieza se reunía tanta gente y para qué la arrastraban tantos caballos guarnecidos con unos extraños correajes, como si el arma realmente fuera algo temible y pesado. En cambio, a Riábovich todo le resultaba comprensible y por lo mismo carente de interés. Hacía tiempo que sabía por qué delante de cada batería, junto a un oficial, cabalgaba un corpulento artificiero, y por qué a éste lo llamaban «delantero»: a espaldas de este artificiero se podían ver primero los conductores de la primera reata y luego los de la mediana. Riábovich sabía que los caballos de la izquierda, que eran los que montaban los conductores, se llamaban monturas de ensillar y los de la derecha, de refuerzo, y esto le resultaba muy aburrido. Tras los conductores venían dos caballos limoneros. Montaba uno de estos animales un conductor con el polvo del día anterior en la espalda y con una torpe y ridícula pieza de madera sujeta al pie derecho. Riábovich conocía la función del madero y no le parecía ridículo.

Todos los conductores, todos sin excepción, agitaban los látigos de manera maquinal y de vez en cuando lanzaban algún grito. La pieza propiamente era fea. En el avantrén se colocaban los sacos de avena, cubiertos de una lona, y del cañón colgaban las teteras, las bolsas y los sacos de los soldados, y todo ello le daba un aspecto de un pequeño animal inofensivo al que no se sabía por qué rodeaban los hombres y los caballos. A los lados, por la parte protegida del viento, avanzaban a pie y agitando los brazos seis servidores. Tras la pieza aparecían nuevos artilleros, conductores y caballos limoneros, y tras ellos se arrastraba una nueva pieza, tan fea y tan poco imponente como la primera. A la segunda le seguían una tercera y una cuarta; junto a la tercera avanzaba a caballo un oficial y así sucesivamente. La brigada constaba de un total de seis baterías y en cada una de ellas había cuatro piezas. La columna se extendía a lo largo de media versta. Y se cerraba con un convoy junto al cual avanzaba meditabundo, inclinando su cabeza de largas orejas un personaje francamente simpático: el asno Magar, traído de Turquía por uno de los jefes de batería.

Riábovich miraba indiferente adelante y atrás, a los cogotes y las caras; en otro tiempo se habría amodorrado, pero entonces se hallaba inmerso todo él en sus nuevos y agradables pensamientos. Al principio, cuando la brigada sólo había iniciado la marcha, quiso convencerse de que la historia del beso, si tenía algún interés, era como una aventura misteriosa y sin importancia, que en realidad se trataba de algo insignificante y que pensar en ella de manera seria era cuando menos estúpido; pero al rato mandó a paseo la lógica y se puso a soñar... Ora se imaginaba en el salón de Von Rabbek junto a una muchacha parecida a la señorita del vestido lila y a la rubia vestida de negro; ora cerraba los ojos y se veía con otra muchacha, completamente desconocida, con unos rasgos de cara muy difusos; en su imaginación hablaba con ella, la acariciaba, se inclinaba sobre su hombro, se imaginaba que llegaba la guerra, después la separación, luego el reencuentro, la cena con su esposa, los niños...

—¡A los frenos! —resonaba la orden cada vez que llegaban a una bajada.

Él también gritaba «¡A los frenos!» y tenía miedo de que este grito destruyera sus fantasías y lo retornara a la realidad...

Al pasar junto a una hacienda señorial, Riábovich se asomó al jardín por encima de la empalizada. Ante sus ojos apareció una larga avenida, recta como una regla, cubierta de arena amarilla y flanqueada por unos abedules jóvenes... Con el ansia de un entregado a sus sueños, se imaginó unos pequeños pies femeninos que avanzaban por la arena amarilla y, de manera completamente inesperada, su imaginación dibujó con nitidez la criatura que lo había besado y que él logró representarse la tarde anterior durante la cena. Esa imagen se instaló en su cerebro y ya no lo abandonó.

Al mediodía, junto al convoy resonó el grito:

—¡Firmes! ¡Vista a la izquierda! ¡Señores oficiales!

Montado en una calesa con dos caballos blancos, llegó hasta el lugar el general de la brigada. Se detuvo junto a la segunda batería y gritó algo que nadie comprendió. Se acercaron a galope al general varios oficiales, incluido Riábovich.

—¿Y bien? —preguntó guiñando sus ojos rojos. —¿Algún enfermo?

Tras recibir las respuestas, el general, un hombre pequeño y escuálido, masculló algo, se quedó pensativo y dijo dirigiéndose a uno de los oficiales:

—El conductor del limonero del tercer cañón ha quitado la rodillera y el muy bruto la ha colgado en el avantrén. Manden que lo castiguen.

El general levantó la vista hacia Riábovich y prosiguió:

—Y usted, diría que lleva los tirantes demasiado largos...

Tras aburridas observaciones el general miró a Lobitko y añadió burlón:

—Teniente Lobitko, tiene usted hoy un aire muy triste. ¿Nota la falta de Lopujova? ¿Eh? ¡Ya ven señores, echa de menos a Lopujova!

Lopujova era una dama de formas abundantes y muy alta que hacía tiempo que había dejado atrás los cuarenta. El general, que sentía debilidad por las señoras de gran tamaño tuvieran la edad que tuvieran, sospechaba que sus oficiales pecaban del mismo mal. Éstos sonrieron con aire respetuoso. El general de brigada, satisfecho de haber dicho algo muy divertido y venenoso, soltó una sonora carcajada, rozó la espada del cochero y acercó la mano a la visera. La calesa siguió su camino...

«Todo en lo que ahora sueño y que me parece hoy imposible y fuera de este mundo es algo muy común en realidad —pensaba Riábovich mientras observaba las nubes de polvo que corrían tras la calesa del general—. Todo esto es algo muy común y le sucede a cualquiera... Por ejemplo, este general amó en su tiempo, y hoy está casado y tiene hijos. El capitán Vajter también está casado y es querido, aunque tenga un cogote muy feo y rojo y carezca de talle... Salmánov es grosero y demasiado tártaro, en cambio tuvo un romance que acabó en boda... Yo soy como todos los demás y tarde o temprano me ocurrirá lo mismo que al resto...»

Y la idea de ser una persona ordinaria y cuya vida era de lo más común lo alegró y le dio ánimos. Y el hombre empezó a dibujar sin miedo, a su antojo, tanto a su amada como su felicidad a su lado y ya no refrenó el vuelo de su imaginación...

Cuando al atardecer la brigada llegó a su destino y los oficiales descansaban ya en sus tiendas, Riábovich, Merzliakov y Lobitko se pusieron a cenar sentados en sus baúles. Merzliakov comía sin prisas y mientras masticaba lentamente leía *El Mensajero de Europa* que sostenía sobre las rodillas. Lobitko hablaba sin pausa y se llenaba una y otra vez el vaso de cerveza, mientras Riábovich, quien debido a su constante ensueño tenía la mente nublada, callaba y bebía. A los tres vasos se embriagó, se sintió débil y experimentó un deseo irresistible de compartir con sus compañeros sus nuevas sensaciones.

—Me ha sucedido una cosa bien rara en casa de los Rabbek... —empezó diciendo tratando de dar a su voz un tono desapasionado y cómico—. Cuando fui a la sala de billar, recuerdan...

Se puso a relatar con gran detalle la historia del beso, pero al cabo de un minuto se quedó callado... En aquel minuto lo contó todo y le asombró muchísimo que para contar su historia le bastara con tan poco tiempo. Tenía la impresión de que sobre aquel beso habría podido estar hablando hasta la mañana siguiente. Tras escucharlo, Lobitko, que contaba muchas mentiras y por lo mismo no creía a nadie, lo miró con expresión incrédula y sonrió burlón. Merzliakov movió las cejas y con calma, sin apartar la vista de *El Mensajero de Europa,* dijo:

—¡Lo que hay que ver! Lanzarse al cuello sin mediar palabra... Sería de alguna psicópata...

—Sí, una psicópata seguramente... —admitió Riábovich.

—Pues a mí un día me ocurrió un caso parecido... —intervino Lobitko poniendo cara de susto—. El año pasado iba yo camino de Kovno... Había sacado un billete de segunda clase... En el vagón no cabía ni un alfiler, imposible dormir. De modo que le di medio rublo al revisor... El tipo recogió mis maletas y me condujo a un compartimento... Me acosté cubriéndome con una manta... Todo estaba a oscuras, ¿se hacen cargo? Y de pronto oigo que alguien me toca un hombro echándome su aliento a la cara. Yo que levanto la mano y me encuentro con un codo... Abro los ojos y, pueden ustedes imaginarse, ¡veo a una mujer! Los ojos, negros; los labios, rojos, como un buen salmón; las aletas de la nariz respiran con pasión; los pechos, como los topes del vagón...

—Permítame —lo interrumpió Merzliakov—. Lo de los pechos, pase, pero, dígame, ¿cómo pudo verle los labios si estaban a oscuras?

Lobitko intentó escabullirse riéndose de las pocas luces de Merzliakov. Y su actitud disgustó a Riábovich. Se apartó del baúl, se acostó y se prometió no sincerarse más con nadie.

Empezó la vida de campamento... Los días se sucedieron, uno muy parecido al siguiente. Durante todo este tiempo Riábovich se sintió, pensó y se comportó como un enamorado. Cada mañana, cuando el ordenanza le pasaba el cubo para lavarse y Riábovich se echaba el agua fría sobre la cabeza, en cada ocasión recordaba que en su vida había sucedido algo bueno y enternecedor.

Al atardecer, cuando los compañeros charlaban sobre el amor y las mujeres, Riábovich prestaba atención a sus palabras, se acercaba a sus compañeros y adoptaba la expresión que se dibuja en los rostros de los soldados cuando éstos escuchan el relato de algún combate en el que ellos también habían participado. Y durante las tardes en que los oficiales, tras tomar unos tragos, emprendían junto con el setter Lobitko alguna incursión donjuanesca por el «arrabal», Riábovich, que participaba en las correrías, en cada ocasión se entristecía, experimentaba un sentimiento profundo de culpa y le pedía perdón a su amada... En las horas de ocio y durante las noches de insomnio, cuando le entraban deseos de recordar su infancia, a su padre, a su madre y en general de evocar todo lo cercano y familiar, le venía también sin falta a la memoria Mestechki, el extraño caballo, Rabbek, su esposa, tan parecida a la emperatriz Eugenia, la oscura habitación y la rendija de luz que entraba por la puerta...

El treinta y uno de agosto Riábovich regresaba del campamento, pero ya no con su brigada, sino con dos baterías. Durante todo el viaje se sintió agitado, sumido en sus quimeras, como si regresara a su tierra natal. Sentía unas ganas locas de ver el extraño caballo, la iglesia, la familia de los Rabbek con sus insinceras sonrisas y la habitación oscura. Una «voz interior» — de ésas que tantas veces engañan a los enamorados— le murmuraba por alguna razón que la vería sin falta... Lo torturaban las preguntas: ¿cómo se encontraría con ella?, ¿de qué hablarían?, ¿habría olvidado ella el beso? En el peor de los casos, se decía, incluso si no se encontraba con ella, para él ya le resultaría agradable el simple hecho de pasearse por aquel cuarto oscuro y recordar...

Hacia el atardecer surgieron la conocida iglesia y los blancos graneros. A Riábovich le latió con fuerza el corazón... Dejó de oír al oficial que cabalgaba a su lado y que le decía alguna cosa, se olvidó de todo y clavó su ávida mirada en el río que brillaba a lo lejos, en el tejado de la casa, en el palomar sobre el que revoloteaban las palomas, iluminadas por el sol poniente.

Al llegar a la iglesia, y luego mientras atendía a las palabras del aposentador, esperaba a cada instante que de detrás de la valla apareciera el jinete que invitaría a los oficiales a ir a tomar el té, pero... se acabaron las instrucciones de los aposentadores, los oficiales echaron pie a tierra, y el jinete seguía sin aparecer...

«Ahora Rabbek se va a enterar por los mujiks de que hemos llegado y mandará que nos vengan a llamar», pensaba Riábovich mientras entraba en la isba sin entender por qué su compañero encendía una vela y por qué los ordenanzas se apresuraban a preparar los samovares...

Lo dominó una pesada inquietud. Se acostó, se levantó al rato y miró por la ventana por si llegaba el jinete. Pero no llegaba. Se volvió a acostar, pero al cabo de media hora se levantó y, sin poder soportar por más tiempo la inquietud, salió a la calle y echó a andar hacia la iglesia. La plaza junto a la valla estaba a oscuras y desierta... Tres soldados desconocidos se encontraban juntos y en silencio, justo al lado de la bajada. Al ver a Riábovich se sobresaltaron y lo saludaron. Éste también se llevó la mano a la visera en respuesta y descendió por el conocido sendero.

En la otra orilla todo el cielo aparecía teñido de color púrpura: la luna ascendía; dos campesinas que hablaban a grandes voces se movían por el huerto y arrancaban hojas de col; tras los huertos negreaban varias isbas... Y a este lado del río se veía lo mismo que había visto en mayo: el sendero, los arbustos, los sauces que colgaban sobre el agua... Sólo faltaba el valiente ruiseñor y tampoco olía a álamo y a hierba fresca.

Al llegar al jardín Riábovich miró a través de la cancela. El jardín se hallaba a oscuras y en silencio. Sólo se veían los troncos blancos de los abedules más cercanos y un pedazo de la avenida, el resto se fundía en una masa negra. Riábovich escuchaba y miraba con ansia, pero, tras permanecer un cuarto de hora sin descubrir ni un solo sonido ni una brizna de luz, volvió cansino sobre sus pasos...

Se acercó al río. Ante él destacaba por su blancura la caseta de baño del general y unas sábanas que colgaban sobre la barandilla del puente... Subió al puente, se quedó allí un rato y sin necesidad palpó alguna una sábana. El lienzo resultó estar áspero y frío. Miró río abajo... La corriente era rápida y

casi no se oía a su paso entre los postes de la caseta de baño. Una luna roja se reflejaba junto a la orilla izquierda; unas olas diminutas corrían por el reflejo, alargaban su imagen y se diría que se la querían llevar consigo...

—¡Qué estúpido! ¡Qué estúpido! —se decía Riábovich mientras miraba el agua correr—. ¡Qué poco inteligente es todo esto!

Ahora, cuando ya no esperaba nada, la historia del beso, su impaciencia, las confusas esperanzas y el desencanto se le aparecían en toda su claridad. Ya no le parecía extraño que no hubiera aparecido el jinete del general y que ya nunca vería a la persona que lo había besado por casualidad confundiéndolo con otro; al contrario, lo raro habría sido verla...

El agua corría Dios sabe hacia dónde y por qué. Corría del mismo modo que lo hacía en mayo; el agua que corría por el río en el mes mayo había desembocado en otro río mayor y de éste había ido a parar al mar y luego se había evaporado, convirtiéndose en lluvia, y quién sabe si ésa era la misma agua que de nuevo corría ante la mirada de Riábovich... ¿Con qué fin? ¿Para qué?

Y todo el mundo, toda la vida le pareció a Riábovich una broma incomprensible y sin objetivo alguno... Tras apartar la vista del agua y después de mirar al cielo, recordó de nuevo cómo el destino en la persona de una desconocida lo había acariciado por casualidad, recordó sus quimeras e imaginaciones veraniegas, y su vida le pareció extraordinariamente vacía, miserable e incolora...

Cuando regresó a la isba en que lo habían alojado no encontró a ningún compañero. El ordenanza le informó de que todos se habían marchado a «casa del general Fontriabkin», quien les había mandado a un jinete. Por un instante en el pecho de Riábovich se encendió la alegría, pero él mismo apagó enseguida ese fuego; se acostó y, a despecho de su destino, como si quisiera hacerle rabiar, no fue a casa del general.

ENEMIGOS

Sobre las diez de una oscura noche de septiembre murió de difteria el niño de seis años Andréi, hijo único del médico de la comarca, el doctor Kirílov. Cuando la esposa del médico, en el primer acceso de desesperación, cayó de rodillas ante la cama del niño muerto, se oyó un agudo campanillazo en el vestíbulo.

A causa de la difteria, toda la servidumbre había sido desalojada de la casa esa mañana. Kirílov, tal como estaba, en mangas de camisa y con el chaleco desabrochado, sin enjugarse la cara húmeda ni las manos escaldadas por el ácido fénico, salió a abrir la puerta. El vestíbulo estaba a oscuras, y en la persona que entró sólo podían vislumbrarse la mediana estatura, la bufanda blanca y el rostro ancho y pálido, tan pálido que se diría que con la aparición de ese rostro se había iluminado un tanto el vestíbulo...

—¿Está el doctor? —se apresuró a preguntar el visitante.

—Sí, estoy. ¿Qué se le ofrece?

—¡Ah, es usted! ¡Cuánto me alegro! —dijo gozoso el recién llegado buscando en las tinieblas la mano del médico; por fin la halló y la estrechó fuertemente entre las suyas—. ¡Cuánto... cuánto me alegro! ¡Usted y yo nos conocemos! Soy Aboguin... Tuve el gusto de que nos presentaran este verano en casa de Gnúchev. ¡Cuánto me alegro de encontrarle! Por amor de Dios, no se niegue a venir conmigo ahora mismo... Mi mujer ha caído terriblemente enferma... Tengo aquí mi coche...

Por la voz y los ademanes del visitante se saltaba a la vista que estaba agitadísimo. Como alguien aterrorizado por un incendio o por un perro rabioso, apenas podía contener su respiración anhelante y hablaba de prisa, con voz trémula, y algo inequívocamente sincero, como de miedo infantil, vibraba en sus palabras. A semejanza de las víctimas del terror o el aturdimiento, se expresaba en frases breves y entrecortadas, y empleaba muchas palabras innecesarias e impropias.

—Temía no encontrarle —prosiguió—. De camino aquí he venido sufriendo lo indecible... ¡Vístase y vamos, por amor de Dios! Mire cómo pasó la cosa. Vino a verme Papchinski, Alexandr Semiónovich, a quien usted conoce... Estuvimos charlando... Luego nos sentamos a tomar el té. De pronto mi mujer lanza un grito, se lleva las manos al corazón y se desploma contra el respaldo de la silla. La llevamos a la cama y... le froté las sienes con amoníaco, le rocié el rostro con agua... y ella tendida allí como muerta... Temo que sea un aneurisma... Vamos... Su padre murió de un aneurisma también...

Kirílov escuchaba en silencio como si no comprendiera el ruso.

Cuando Aboguin mencionó una vez más a Papchinski y al padre de su mujer y volvió a buscar la mano en las tinieblas, el médico sacudió la cabeza y dijo arrastrando con apatía cada palabra:

—Perdone, pero no puedo ir... Hace cinco minutos que se me... murió mi hijo...

—¿De veras? —murmuró Aboguin dando un paso atrás—. ¡Dios mío, en qué hora tan aciaga vengo! ¡Día singularmente fatídico... singularmente! ¡Qué coincidencia... y como a propósito!

Aboguin cogió el tirador de la puerta e, indeciso, bajó la cabeza. Por lo visto, vacilaba sobre qué partido tomar: o marcharse o implorar al médico una vez más.

—Escuche —dijo con vehemencia agarrando a Kirílov de la manga—, comprendo perfectamente su situación. Bien sabe Dios que me da vergüenza tratar de captar la atención de usted en un momento como éste, pero ¿qué remedio me queda? Juzgue por sí mismo, ¿a quién puedo acudir? Aquí no hay más médico que usted. ¡Vamos, por lo que más quiera! No lo pido por mí... ¡No soy yo el que está enfermo!

Se produjo un silencio. Kirílov volvió la espalda a Aboguin, se detuvo un instante y se dirigió lentamente del vestíbulo a la sala. A juzgar por su paso inseguro y maquinal, por la atención con que enderezaba la pantalla colgante de la lámpara apagada y consultaba un libro grueso que estaba sobre la mesa, carecía en ese momento de deseos, de propósitos, no pensaba en nada y probablemente hubiera olvidado que había un extraño en su vestíbulo. Parecía como si la oscuridad y el silencio de la sala aumentaran su aturdimiento. Al pasar de la sala a su gabinete levantó el pie derecho más de lo necesario, buscó a tientas el quicio de la puerta, al par que en toda su figura se percibía cierto titubeo, como si hubiera entrado en una vivienda extraña o se hubiese embriagado por vez primera en su vida y se entregase perplejo a esa nueva sensación. A lo largo de una pared del gabinete, a través de estantes llenos de libros, corría una ancha franja de luz. Junto con un olor agudo y penetrante de ácido fénico y éter esa luz salía por la puerta entreabierta que daba acceso del gabinete a la alcoba... El médico se dejó caer en un sillón delante de la mesa. Durante un instante miró con ojos soñolientos los libros bañados en luz, luego se levantó y entró en la alcoba.

En la alcoba reinaba una calma mortal. Absolutamente todo, hasta en los detalles más nimios, hablaba con elocuencia de la tempestad reciente, de agotamiento, y ahora todo hablaba también de descanso. La lamparilla que estaba en el taburete colmado de frascos, tarros y cajitas y la lámpara grande que estaba sobre la cómoda alumbraban vivamente la habitación. En la cama, junto a la ventana, yacía el niño con los ojos abiertos y una expresión de asombro en el rostro. Estaba inmóvil, pero sus ojos abiertos parecían oscurecerse por momentos y hundirse en el cráneo. Con las manos en el torso del niño y la cara oculta entre los pliegues de la colcha, la madre estaba de rodillas ante el lecho. Al igual que el muchacho ella también estaba inmóvil, pero ¡cuánto movimiento latente se podía entrever en el cuerpo arqueado y las manos! Se apretujaba contra el lecho con todo su ser, con brío y ansia, como si temiese alterar la postura tranquila y cómoda que al fin había encontrado para su cuerpo extenuado. Las mantas, trapos, jofainas, las salpicaduras en el suelo, los pinceles y cucharas esparcidos por doquiera, la botella blanca con agua de cal, el aire mismo, sofocante y pesado... todo se había extinguido y parecía sumido en sosiego.

El médico se detuvo junto a su esposa, metió las manos en los bolsillos del pantalón e, inclinando a un lado la cabeza, fijó la mirada en su hijo. Su rostro expresaba indiferencia, y sólo por las gotas que le brillaban en la barba se notaba que había llorado hacía poco.

Ese terror repugnante en que pensamos cuando hablamos de la muerte estaba ausente de la alcoba. En el desmadejamiento general, en la postura de la madre, en la indiferencia del rostro del médico, había algo cautivante que llegaba al corazón: la belleza sutil y huidiza del dolor humano, que aún tardará mucho tiempo en ser comprendida y descrita y que, por lo visto, sólo la música es capaz de expresar. También se sentía la belleza en la lúgubre calma: Kirílov y su mujer callaban, no lloraban, como si a despecho de la pesadumbre de la pérdida se percataran de todo el lirismo de su situación. Por lo mismo que ya había pasado la juventud de ambos, ahora también desaparecería para siempre con ese niño el derecho de ambos a tener hijos. El médico tenía cuarenta y cuatro años, había encanecido y parecía viejo; su esposa, ajada y enferma, tenía treinta y cinco. Andréi no era sólo hijo único, sino también último.

En contraste con su esposa, el médico era una de esas personas que en momentos de dolor espiritual sienten necesidad de moverse. Al cabo de diez minutos de estar con su mujer pasó, levantando demasiado el pie derecho, de la alcoba a un cuarto pequeño, la mitad del cual estaba ocupado por un diván grande y ancho. De ahí fue a la cocina. Estuvo errando en torno al fogón y la cama de la cocinera y, agachando la cabeza, salió por una puertecilla al vestíbulo.

Allí vio de nuevo la bufanda blanca y el rostro pálido.

—Por fin —suspiró Aboguin cogiendo el tirador de la puerta—. Vamos, por favor.

El médico se estremeció, le miró y recordó...

—Oiga. Ya le he dicho que no puedo ir —dijo reanimándose—. ¿Cómo se le ocurre?

—Doctor, no soy de piedra. Comprendo perfectamente su situación... Lo siento mucho —dijo Aboguin con voz suplicante, llevándose la mano a la bufanda—. Pero no lo pido por mí... ¡Mi mujer se muere! ¡Si hubiera oído usted ese grito, si hubiera visto su cara, comprendería mi insistencia! ¡Dios santo! ¡Y yo que pensaba que había ido usted a vestirse! ¡Doctor, cada minuto que pasa es precioso! ¡Vamos, se lo ruego!

—¡No puedo ir! —dijo Kirílov tras una pausa, y entró en la sala.

Aboguin fue tras él y le cogió de la manga.

—Está usted abrumado de pena; bien lo entiendo. Pero lo que le pido no es que me cure un dolor de muelas o que declare ante un tribunal como perito, sino que salve una vida humana —siguió implorando como un mendigo—. Esa vida vale más que un dolor personal. ¡Lo que le pido es valor, es una hazaña! ¡En nombre del humanitarismo!

—El humanitarismo es arma de dos filos —dijo irritado Kirílov—. En nombre de ese mismo humanitarismo le pido a usted que no me saque de aquí. ¡Dios mío! ¿A quién se le ocurriría? Apenas puedo tenerme de pie y usted me asusta con lo del humanitarismo. En este momento no sirvo para nada... No iría por nada del mundo. ¿Con quién dejaría a mi mujer? No, no...

Kirílov abrió las manos en gesto de rechazo y dio un paso atrás.

—¡Y... y no me lo pida! —agregó alterado—. Discúlpeme... Según las Leyes, tomo XIII, estoy obligado a ir, y usted tiene derecho a agarrarme del cuello y llevarme arrastrando... Pues bien, arrástreme, pero... No sirvo para nada... Apenas si puedo hablar... Discúlpeme...

—De nada sirve que me hable en ese tono, doctor —dijo Aboguin volviendo a agarrar al médico de la manga—. ¡Al diablo con el tomo XIII! No tengo derecho alguno a forzar la voluntad de usted. Si quiere, va, y si no quiere, se queda con Dios. Pero no apelo a la voluntad de usted, sino a sus sentimientos. ¡Una mujer joven se está muriendo! Dice usted que un hijo acaba de morírsele. ¿Quién puede comprender mi horror mejor que usted?

La voz de Aboguin temblaba de agitación; y el temblor y el tono eran más persuasivos que las palabras. Aboguin era sincero, pero resultaba curioso que toda frase que empleaba le salía afectada, huera, inoportunamente relamida, lo que venía a ser una ofensa a la atmósfera de la casa del

médico y a la mujer moribunda. Él mismo se percataba de ello y, temiendo no ser comprendido, procuraba a toda costa suavizar y enternecer su voz para convencer por el tono sincero de ella, si no por las palabras. En general, por muy bella y profunda que sea una frase, afecta sólo a los indiferentes, pero no siempre satisface a los felices o desgraciados, porque la expresión más elevada de la felicidad o la desgracia es muy a menudo el silencio. Los amantes se comprenden mejor cuando callan, y un discurso ferviente y apasionado junto a una tumba afecta sólo a los extraños. A la viuda y los hijos del finado se les antojará frío y trivial.

Kirílov se detuvo y guardó silencio. Cuando Aboguin dijo algo más acerca de la eximia vocación del médico y del autosacrificio, el médico preguntó con aspereza:

—¿Hay que ir lejos?

—Unas trece o catorce verstas. Tengo excelentes caballos, doctor. Le doy mi palabra de honor de que le llevo y le traigo en una hora. ¡Sólo una hora!

Las últimas palabras causaron en el médico mayor impresión que las referencias al humanitarismo o la vocación profesional. Reflexionó y dijo suspirando:

—Bueno, vamos.

De prisa, y ya con paso seguro, fue a su gabinete y volvió poco después embutido en una levita larga. Aboguin, gozoso, bailaba de impaciencia a su alrededor, le ayudó a ponerse el gabán y salió con él de la casa.

Fuera de ella estaba oscuro, pero no tanto como en el vestíbulo. En la oscuridad se perfilaba ya con nitidez la figura alta y algo encorvada del médico, con su barba larga y estrecha y nariz aguileña. En Aboguin, además del rostro pálido, se veía ahora la cabeza grande y la gorrita de estudiante que apenas le cubría la coronilla. La bufanda blanca se veía sólo por delante; por detrás quedaba oculta bajo la abundante cabellera.

—Créame que sé apreciar la generosidad de usted —murmuró Aboguin ayudando al médico a sentarse en el carruaje—. Pronto llegaremos. ¡Luka, amigo, ve lo más de prisa posible! ¡Por favor!

El cochero arrancó de prisa. Al principio apareció una fila de edificios feos a lo largo del patio del hospital. Todo estaba oscuro, salvo en el fondo del patio, donde, a través de la verja del jardín, se veía una luz brillante en la ventana de alguien. Y tres ventanas del piso alto del pabellón central del hospital resultaban más pálidas que el aire. Luego el carruaje se hundió en densas tinieblas donde olía a humedad de hongos y se oía el susurro de los árboles. El ruido del vehículo despertó a unas cornejas, que empezaron a agitarse entre el follaje y a lanzar chillidos inquietos y lastimeros, como si supieran que el hijo del médico había muerto y que la mujer de Aboguin estaba enferma. Más tarde surgieron árboles separados, un arbusto; brilló adusto un estanque en el que dormían grandes sombras negras. El carruaje rodaba por una llanura. El chillido de las cornejas se oía ya amortiguado, muy vagamente, y pronto se extinguió por completo.

Kirílov y Aboguin guardaron silencio durante casi todo el trayecto. Sólo una vez Aboguin suspiró profundamente y murmuró:

—¡Qué tormento éste! Uno nunca ama tanto a sus seres queridos como cuando está en peligro de perderlos.

Y cuando el carruaje cruzaba con cuidado el río, Kirílov se estremeció de pronto como asustado del chapoteo del agua y se agitó impaciente.

—Escuche. Déjeme que me vaya ahora —dijo angustiado—. Vendré más tarde. Sólo quiero que un enfermero vaya a ver a mi mujer. Está sola.

Aboguin calló. El carruaje, bamboleándose y rechinando contra las piedras, atravesó la orilla arenosa y siguió adelante. Kirílov se rebullía afligido y miraba en torno suyo. Tras ellos se veía el camino a la escasa luz de las estrellas, y los sauces de la ribera se esfumaban en la oscuridad. A la derecha se abría la llanura, lisa e infinita como el cielo. En ella, desparramadas en la lejanía, brillaban luces tenues, probablemente en las turberas. A la izquierda, paralela al camino, se alargaba una colina erizada de pequeños arbustos, y sobre ella pendía inmóvil una media luna grande, roja, cubierta de leve bruma y rodeada de nubes vaporosas que parecían observarla de todos lados y vigilarla para que no se fuera.

Toda la naturaleza respiraba a algo desesperado y morboso. Como ramera que está sola en un cuarto oscuro y procura no pensar en el pasado, la tierra languidecía en recuerdos de la primavera y el estío y aguardaba con apatía el invierno inevitable. Dondequiera que se posaban los ojos la naturaleza semejaba una sima oscura, infinitamente honda y fría, de la que no podían evadirse ni Kirílov, ni Aboguin, ni la media luna roja...

A medida que el carruaje se acercaba a su destino, Aboguin se mostraba más impaciente. Se removía en el asiento, se incorporaba y miraba adelante, por encima del hombro del cochero. Y cuando por fin el carruaje hizo alto al pie de la escalinata, protegida por un bonito toldo de lienzo a rayas y, cuando levantó los ojos a las ventanas iluminadas del primer piso, se podía notar lo trémulo de su respiración.

—Si pasa algo... no lo podré sobrevivir —dijo entrando con el médico en el vestíbulo y frotándose agitado las manos—. Pero no se oye ningún ajetreo, lo que significa que de momento todo va bien —añadió aguzando el oído en el silencio reinante.

En el vestíbulo no se oían voces ni pasos. A pesar de la brillante iluminación, toda la casa parecía dormida. Ahora el médico y Aboguin, hasta entonces en la oscuridad, podían observarse mutuamente. El médico era alto, encorvado, vestido con desaliño y feo de rostro. Había algo desagradablemente huraño, displicente, severo, en sus labios gruesos como los de un negro, en la nariz aguileña y en la mirada vaga e indiferente. El cabello enmarañado, las sienes hundidas, las canas prematuras de su barba larga y estrecha, tras la cual relucía la barbilla, el color grisáceo de la piel y los ademanes desmañados y torpes... todo ello apuntaba con su aspereza a privaciones sufridas, mala suerte y hastío de la vida y de los hombres. Mirando su seca figura no se diría que este hombre tenía esposa y podía llorar a un hijo. Aboguin delataba algo muy diferente. Era robusto, fuerte y rubio, de cabeza grande y facciones acentuadas aunque suaves, vestido esmeradamente a la última moda. En su porte, en su levita entallada, en su cabellera y en su rostro se dejaba entrever algo noble, leonino. Andaba con la cabeza alta y el pecho abombado, hablaba con voz agradable de barítono, y en los gestos con que se quitaba la bufanda o se arreglaba el pelo se adivinaba una elegancia sutil y casi femenina. Incluso la palidez y el terror infantil con que clavaba la mirada en lo alto de la escalera mientras se despojaba del abrigo no alteraban su porte ni menguaban el contento, la salud y el aplomo que se desprendían de su figura.

—No hay nadie ni se oye nada —dijo subiendo la escalera—. No se nota ninguna conmoción. ¡Dios nos tenga en sus manos!

Cruzando el vestíbulo condujo al médico a un basto salón, en el que había un piano negro y colgaba una araña de cristal cubierta por una funda blanca. De allí pasaron a una salita linda y muy cómoda sumida en una agradable penumbra rosácea.

—Tome asiento aquí, doctor —dijo Aboguin—. Yo... vuelvo en seguida. Voy a ver qué pasa y a avisarles.

Kirílov quedó solo. El lujo de la sala, la agradable penumbra y su propia presencia en una casa ajena y desconocida no parecían afectarle, a pesar del sabor de aventura que ello tenía. Se sentó en un sillón, mirándose las manos escaldadas por el ácido fénico. Sólo de soslayo vio la pantalla roja de la lámpara, la caja del violoncelo, y cuando dirigió la vista hacia donde sonaba el tictac del reloj vio un lobo disecado, tan orondo y satisfecho como el mismo Aboguin.

Todo estaba en calma... Allá lejos, en otras habitaciones, alguien prorrumpió en un «¡ah!» destemplado, sonó una puerta de cristal, probablemente la de un aparador, y una vez más todo quedó en calma. Al cabo de cinco minutos Kirílov dejó de mirarse las manos y levantó los ojos a la puerta por donde había desaparecido Aboguin.

En el umbral de la puerta estaba Aboguin, pero no era el mismo hombre que por ella había salido. Se había disipado el aire de contento y de elegancia sutil. Tenía la cara, las manos, la postura, contraídas en una expresión repugnante, que podría ser de horror o de torturante dolor físico. La nariz, los labios, el bigote... todas las facciones se agitaban como si trataran de desprenderse del rostro. En cambio, los ojos parecían reír de dolor...

Aboguin avanzó lenta y pesadamente hasta el centro de la sala, se inclinó, lanzó un sollozo y sacudió los puños.

—¡Me ha engañado! —gritó, acentuando con fuerza la sílaba—. ¡Me ha engañado! ¡Se ha fugado! ¡Se puso enferma y me mandó a buscar al médico sólo para escaparse con ese bufón de Papchinski! ¡Dios mío!

Aboguin se acercó al médico, alargó hacia el rostro de éste los puños blancos y delicados y, sacudiéndolos, continuó lamentándose:

—¡Se ha fugado! ¡Me ha engañado! ¿Pero a qué viene esta mentira? ¡Dios mío! ¡Dios mío! ¿Por qué esta burla obscena e infame? ¡Este truco diabólico y viperino? ¿Qué le he hecho yo? ¡Se ha fugado!

Se le saltaron las lágrimas. Giró sobre un talón y empezó a deambular por la sala. Ahora, con su levita corta, sus elegantes pantalones estrechos que hacían que las piernas pareciesen demasiado delgadas para el cuerpo, con su cabeza grande y su melena, se asemejaba extraordinariamente a un león. La curiosidad animó el semblante del médico. Se levantó y se encaró con Aboguin.

—Bien. ¿Dónde está la enferma? —preguntó.

—¡La enferma! ¡La enferma! —exclamó Aboguin llorando, riendo, y sacudiendo sin cesar los puños—. ¡No está enferma, sino maldita! ¡Qué vileza! ¡Ni Satanás habría inventado una treta más ruin! ¡Me mandó buscarlo a usted para fugarse, para fugarse con un bufón, con un payaso estúpido, con un alcahuete! ¡Dios mío! ¡Mejor sería que hubiera muerto! ¡No lo podré resistir! ¡No podré!

El médico irguió el cuerpo. Comenzó a pestañear, los ojos se le colmaron de lágrimas y la barba entera comenzó a oscilar a compás de la mandíbula.

—Perdone, pero ¿qué significa esto? —preguntó mirando con curiosidad a su alrededor—. Mi hijo ha muerto, mi mujer, presa de congoja, está sola en la casa..., yo apenas puedo tenerme de pie, no he dormido en tres noches... ¿y ahora qué sucede? Se me obliga a participar en una comedia chabacana, a hacer un papel de decorado. ¡No... no lo comprendo!

Aboguin abrió un puño, arrojó al suelo un papel arrugado y lo pisoteó como a un insecto al que se quiere aplastar.

—Y yo que no vi nada... ¡que no comprendí! —dijo entre sus dientes apretados mientras con el puño trazaba un círculo en torno a su cara, con el gesto de alguien a quien le han pisado un callo—. No me hice cargo de que venía todos los días. No noté que hoy había venido en coche. ¿Coche para qué? ¡Y no lo vi! ¡Valiente inocentón!

—¡No... no lo comprendo! —murmuró el médico—. ¿Pero qué significa esto? ¡Esto es mofarse de una persona, reírse del sufrimiento humano! ¡Esto es imposible! ¡Es la primera vez en mi vida que veo tal cosa!

Con el asombro estólido de quien acaba de comprender que ha sido objeto de un duro agravio, el médico se encogió de hombros, abrió los brazos y, sin saber qué decir o hacer, se dejó caer exhausto en un sillón.

—Bien, dejó de quererme. Quería a otro. ¡Qué se le va a hacer! ¿Pero a qué ese engaño? ¿A qué esa pérfida jugarreta? —prosiguió Aboguin con lágrimas en la voz—. ¿Por qué? ¿Para qué? ¿Qué te he hecho yo? Escuche, doctor —dijo febrilmente acercándose a Kirílov—. Usted ha sido testigo involuntario de mi desgracia y no voy a ocultarle la verdad. ¡Le juro que he amado a esta mujer, que la he amado con delirio, como un esclavo! Lo he sacrificado todo por ella. Me disgusté con mi familia, abandoné mi empleo, mi música, le perdoné cosas que no habría perdonado a mi madre o mi hermana... Ni una sola vez la miré con enojo... Nunca le di motivo alguno. Entonces ¿por qué esta mentira? Yo no exijo amor, pero ¿por qué esta traición infame? Si ya no me quieres, dímelo sin rodeos, honradamente, tanto más cuanto que conoces mis ideas sobre el particular...

Con lágrimas en los ojos, temblando de pies a cabeza, Aboguin vertía ante el médico cuanto llevaba en el alma. Hablaba con ardor, apretándose el corazón con las manos, sacando a relucir sin el menor empacho sus secretos de familia, y hasta parecía contento de arrancarse por fin tales secretos del pecho. Si hubiera hablado de esa guisa una o dos horas, si hubiera vaciado su alma, habría sentido alivio. ¡Quién sabe! Quizá si el médico le hubiera escuchado y hubiera mostrado amistosa simpatía se habría reconciliado con su dolor, sin protesta y sin hacer tonterías... Pero las cosas pasaron de otro modo. Mientras Aboguin hablaba cambió la actitud del agraviado médico. La indiferencia y asombro de su rostro se trocaron gradualmente en una expresión de amarga afrenta, de indignación y furia. Sus facciones se endurecieron aún más, tomaron un cariz más acerbo y desagradable. Cuando Aboguin le puso ante los ojos la fotografía de una mujer joven, de cara bonita pero seca e inexpresiva como la de una monja, y le preguntó si mirando esa cara cabía suponer que era capaz de mentir, el médico dio un respingo y dijo con ojos relampagueantes y recalcando groseramente cada palabra:

—¿Por qué me cuenta usted todo eso? ¡No quiero oírlo! ¡No quiero! —gritó dando un puñetazo en la mesa—. No quiero oír sus secretos triviales...

¡Váyase al infierno con ellos! ¡No se atreva a contarme esas nimiedades! ¿O cree usted que aún no se me ha insultado lo bastante? ¿Que soy un lacayo a quien se puede insultar cuanto se quiera? ¿Eh?

Aboguin se apartó de Kirílov y le miró sorprendido.

—¿A qué me ha traído aquí? —prosiguió el médico, temblándole la barba—. Se casa usted por capricho, porque se le pone en la montera, y hace un melodrama, pero ¿qué tengo yo que ver con eso? ¡Déjeme en paz! Siga acaparando cosas como aristócrata que es, haga alarde de ideas humanitarias, toque —y el médico miró de reojo la caja del violoncelo— el contrabajo y el trombón, engorde como un capón, pero no se atreva a mofarse de un hombre hecho y derecho. ¡Si no sabe usted respetarlo, al menos ahórrele sus atenciones!

—Perdón, ¿qué quiere decir? —preguntó Aboguin ruborizándose.

—¡Quiero decir que es una vileza, una ruindad, jugar así con la gente! Soy médico, y usted considera como lacayos, como gente de *mauvais ton,* a los médicos y a todos los que trabajan, a todos los que no huelen a perfume y prostitución. Muy bien. ¡Pero nadie le da a usted el derecho de hacer de un hombre que sufre un objeto de guardarropía!

—¿Cómo se atreve a hablarme así? —preguntó Aboguin con voz contenida. Una vez más se le crispaba el rostro, pero ahora claramente de ira.

—¿Y cómo se atreve usted a traerme aquí a escuchar fruslerías sabiendo lo que sufro? —gritó el médico dando un nuevo puñetazo en la mesa—. ¿Quién le ha dado derecho a burlarse así del sufrimiento ajeno?

—¡Usted está loco! —exclamó Aboguin—. Eso es falta de generosidad. Yo también soy profundamente desgraciado y... y...

—¿Desgraciado? —El médico se sonrió con sarcasmo—. No use esa palabra, que nada tiene que ver con usted. Los manirrotos que no hallan dinero para pagar una letra también se llaman a sí mismos desgraciados. ¡Vaya gentuza!

—¡Señor mío, usted olvida con quién habla! —chilló Aboguin—. ¡Por palabras como ésas se apalea a la gente! ¿Me entiende?

Aboguin metió rápidamente la mano en el bolsillo, sacó una cartera, tomó de ella dos billetes y los tiró sobre la mesa.

—Ahí tiene el precio de su visita —dijo, y le temblaban las ventanas de la nariz—. Está usted pagado.

—¡No se atreva a ofrecerme dinero! —gritó el médico barriendo de la mesa los billetes, que cayeron al suelo—. ¡Los insultos no se pagan con dinero!

Aboguin y el médico estaban cara a cara y en su furia siguieron insultándose injustamente. Nunca, ni en accesos de frenesí, habían usado antes palabras tan inicuas, crueles y absurdas. En ambos surgía con violencia el egoísmo del desgraciado. Los desgraciados son egoístas, malévolos, injustos, crueles, y menos capaces de comprenderse mutuamente que los imbéciles. La desgracia no une a las gentes, sino que las separa; y donde parecería natural que el dolor común debiera fundirlas hay mucha más injusticia y crueldad entre ellas que entre las relativamente contentas.

—Mande que me lleven a mi casa —gritó jadeante el médico.

Aboguin tocó violentamente la campanilla. Cuando nadie acudió a su llamada volvió a tocarla y la tiró furioso al suelo. La campanilla cayó sobre la alfombra con un sonido sordo que era como el quejido plañidero de un moribundo. Apareció un criado.

—¿Dónde te escondes, maldito seas? —dijo el amo lanzándose sobre él con los puños cerrados—. ¿Dónde estabas en este momento? Ve y di que traigan la calesa para este caballero y que a mí me preparen el coche. ¡Espera! —exclamó cuando el criado se volvía para irse—. ¡Mañana no va a quedar un traidor en esta casa! ¡Os echo a todos! Tomaré gente nueva. ¡Víboras!

Mientras esperaban los vehículos Aboguin y el médico guardaron silencio. Aquél recobraba ya su aire de contento y de elegancia sutil. Iba y venía por la sala, sacudiendo con esmero la cabeza y, por lo visto, discurriendo algún proyecto. Aún no se había calmado su ira, pero trataba de aparentar que no reparaba en su enemigo... El médico estaba de pie, asido de una mano al borde de la mesa, mirando a Aboguin con el desprecio profundo un tanto cínico y desagradable con que sólo el dolor y la fortuna adversa miran cuando tienen delante la satisfacción y la elegancia.

Cuando poco después el médico tomó asiento en la calesa y partió, sus ojos seguían mirando con desprecio. La noche estaba oscura, mucho más oscura que una hora antes. La media luna roja había desaparecido ya tras la colina y las nubes que la vigilaban parecían manchas negras en torno a las estrellas. Un carruaje con faroles rojos chirrió en el camino y dejó atrás la calesa del médico. Era Aboguin que iba a protestar y hacer alguna tontería más...

Durante todo el trayecto el médico no fue pensando en su esposa, ni en Andréi, sino en Aboguin y en los que vivían en la casa de la que acababa de salir. Sus pensamientos eran injustos, de una crueldad inhumana. Condenaba a Aboguin, a la mujer de éste, a Papchinski, y a todos los que viven en una penumbra rosácea y huelen a perfume. Durante todo el trayecto estuvo odiándolos; el corazón llegó a dolerle del desprecio que por ellos sentía. Y en su mente arraigó una firme convicción con respecto a tales gentes.

Pasará el tiempo, pasará el sufrimiento de Kirílov, pero esa convicción, injusta e indigna del corazón humano, no pasará. Perdurará en la mente del médico hasta la tumba.

CAMPESINOS

I

Nikolái Chikildéyev, mozo del hotel moscovita el Bazar Eslavo, se puso enfermo. Las piernas no le respondían, andaba tan mal que en una ocasión, cuando iba por un pasillo con una bandeja en la que llevaba jamón con guisantes, tropezó y se cayó al suelo. Tuvo que dejar el empleo. El dinero que tenía y el de su mujer se lo llevó la enfermedad y ya no tenían qué comer. Se aburría sin trabajo y decidió que había que volver a casa, a la aldea. Allí sería más fácil soportar la enfermedad, la vida era más barata; y no en vano se dice que en casa hasta las paredes ayudan.

Una tarde llegaron a su Zhúkovo. En los recuerdos de infancia el lugar que le vio nacer se le aparecía claro, cómodo, acogedor, pero al entrar en la isba llegó incluso a asustarse, tanta era la oscuridad, las estrecheces y la porquería. Su mujer Olga y la hija Sasha, llegadas con él, contemplaban atónitas la estufa, tan grande que ocupaba casi media casa, y sucia, negra por el hollín y las moscas. ¡Cuántas moscas!

La estufa vencida a un lado y los troncos torcidos, se diría que la casa de un momento a otro se fuera a derrumbar. En el rincón delantero, junto a los iconos, se veían, pegadas a modo de cuadros, etiquetas de botellas y trozos de periódicos. ¡Pobreza y miseria!

Los mayores no estaban en casa, todos habían ido a segar. Sentada sobre la estufa había una niña de unos ocho años, de pelo claro, sucia y aire ausente; ni siquiera miró a los llegados. Abajo, un gato se frotaba contra el atizador.

—¡Tsss! ¡Tsss! —lo llamó Sasha.

—No oye —dijo la niña—. Se ha quedado sordo.

—¿De qué?

—De una paliza.

Nikolái y Olga comprendieron al primer vistazo qué vida era aquella, pero no se dijeron nada. Descargaron en silencio los bultos y salieron sin decir palabra a la calle. Su isba era la tercera de la fila y parecía la más pobre y vieja, la segunda no era mejor, pero la del extremo tenía techo metálico y cortinas en las ventanas. Aquella casa sin vallas y aislada de las demás, era la taberna. Las isbas formaban una hilera; toda la aldea ofrecía un aspecto agradable, se la veía apacible y ensimismada, con sus sauces, madreselvas y serbales que asomaban de los patios.

Tras las casas campesinas comenzaba la bajada al río, una pendiente abrupta y escarpada sembrada de grandes rocas. Junto a las piedras y los hoyos cavados por los alfareros serpenteaban los senderos, se amontonaban filas enteras de vasijas rotas, unas pardas, otras rojizas. Abajo se extendía un prado ancho, llano, de un verde intenso, segado ya, en el que ahora pacía el rebaño del pueblo. El río pasaba a algo más de un kilómetro del pueblo. Era sinuoso, de orillas espléndidamente frondosas. En la otra orilla, de nuevo un prado, un rebaño, largas hileras de gansos blancos.

Más allá, igual que a este lado, una pendiente escarpada y encima, otra aldea y una iglesia de cinco cúpulas. Y algo más lejos, la casa señorial.

—¡Qué hermoso es esto! —dijo Olga, santiguándose en dirección a la iglesia—. ¡Qué espacios, Dios mío!

Justo en aquel instante las campanas tocaron a vísperas: era sábado. Dos niñas que llevaban agua pendiente abajo miraron hacia la iglesia, en dirección a los tañidos.

—A esta hora, en el Bazar Eslavo estarán sirviendo la comida... —murmuró nostálgico Nikolái.

Sentados en el borde del barranco, Nikolái y Olga veían cómo se ponía el sol, cómo el cielo, dorado y purpúreo, se reflejaba en el río, en los ventanales del templo y en todo aquel aire suave, tranquilo e indeciblemente puro como nunca lo hay en Moscú. Cuando el sol se puso, pasó entre mugidos y balidos el rebaño; de la otra orilla llegaron volando los gansos, y todo quedó en silencio. La tibia luz se fue apagando en el aire y avanzó veloz la oscuridad nocturna.

Entre tanto regresaron los viejos. El padre y la madre de Nikolái eran dos ancianos escuálidos, encorvados, sin dientes, de la misma estatura. También volvieron las mujeres —las cuñadas, Maria y Fiokla que trabajaban al otro lado del río en la hacienda del terrateniente—. Maria, que era la mujer de Kiriak, hermano de Nikolái, tenía seis hijos. Fiokla, la mujer del otro hermano, Denís, que estaba en el ejército, tenía dos. Cuando Nikolái entró en la isba y vio a toda la familia, todos aquellos cuerpos grandes y pequeños que bullían en los camastros, las cunas y por todos los rincones y se fijó en la avidez con que el viejo y las mujeres comían el pan negro mojándolo en agua, comprendió que había hecho mal en venir; enfermo, sin dinero y, por si fuera poco, con la familia. ¡Muy mal!

—¿Dónde está Kiriak? —preguntó después de los saludos.

—Vive en casa de un comerciante, está de guarda —contestó el viejo—, en el bosque. No es mal hombre, pero bebe como un condenado.

—No vale ni para ganapán —comentó llorosa la anciana—. Nuestros hombres no nos dan más que disgustos. Más que traer algo para casa, lo que hacen es vaciarla. Kiriak bebe y el viejo también, a qué negarlo, que bien se conoce el camino a la taberna. Vaya castigo del cielo.

Pusieron el samovar en honor de los recién llegados. El té olía a pescado, el azúcar era gris y estaba roído. Por entre el pan y la vajilla corrían las cucarachas. Daba asco beber, la conversación tampoco era agradable: siempre lo mismo, desgracias y enfermedades. Pero no tuvieron tiempo de acabarse la primera taza cuando de afuera llegó un grito ebrio, fuerte y prolongado:

—¡Maria-a-a!

—Parece Kiriak —dijo el viejo—. Hablar de él y aparecer...

Todos callaron. Al rato de nuevo resonó un grito brutal, largo, como salido del fondo de la tierra:

—¡Maria-a-a!

Maria, la mayor de las nueras, se puso pálida y se pegó a la estufa. Resultaba extraño ver una expresión de temor en el rostro de esta mujer

fuerte, de hombros anchos y fea. Su hija, la muchacha de aire ausente que encontraran sobre la estufa, de pronto se puso a llorar a grandes voces.

—¿Y tú qué, maldita chiquilla? —le gritó Fiokla, una mujer hermosa, también fuerte y de anchos hombros—. ¡Que no te va a matar!

Nikolái se enteró por el viejo que Maria tenía miedo de vivir con Kiriak en el bosque, y que éste, cuando se emborrachaba, venía a por ella, armando escándalo y le daba unas palizas de muerte.

—¡Maria-a-a! —se oyó gritar junto a la misma puerta.

—Por el amor de Dios, defendedme —farfulló Maria jadeando igual que si la sumergieran en agua fría—, defendedme, por piedad...

Todos los chiquillos se pusieron a llorar, y al verlos, Sasha también rompió en llanto. Se oyó una tos ebria y en la isba penetró un hombre alto, de barba negra, cubierto de un gorro de invierno. Con la tenue luz del candil, no se le veía el rostro, y su aspecto daba pavor. Era Kiriak. Tras acercarse a su mujer, tomó impulso con el brazo y le dio con el puño en la cara. Ésta no emitió sonido alguno: anonadada por el golpe, se derrumbó, y al instante de la nariz brotó sangre.

—Qué vergüenza, qué vergüenza... —farfullaba el viejo subiéndose a la estufa—. Delante de los recién llegados. ¡No tiene perdón de Dios!

La vieja permanecía sentada en silencio, encorvada y absorta; Fiokla mecía una cuna. Por lo visto, consciente del terror que infundía, Kiriak agarró a Maria por una mano, la arrastró hacia la puerta y rugió como una fiera para parecer aún más pavoroso. Pero, al ver a los llegados, se detuvo.

—Ah, vosotros por aquí... —farfulló soltando a su mujer—. Mi buen hermano con la familia.

Se santiguó ante el icono, tambaleándose y abriendo desmesuradamente los ojos ebrios e inyectados de sangre, y luego prosiguió:

—Mi hermanito con su familia han venido a casa de sus padres... o sea que, de Moscú. De Moscú, o sea, de la capital del Imperio, de la madre de las ciudades... Con perdón...

Se dejó caer sobre un banco junto al samovar y se sirvió té. Sorbía ruidoso del platillo en medio del silencio general... Se tomó unas diez tazas, luego se dobló sobre el banco y se puso a roncar.

Se dispusieron a dormir. A Nikolái, por estar enfermo, lo acomodaron sobre la estufa junto al viejo. Sasha se acostó en el suelo, y Olga se fue con las mujeres al pajar.

—¡Qué le vamos a hacer, mujer! ¡Con lágrimas no arreglas nada! —decía acostándose en la paja junto a Maria—. No hay más remedio que aguantar. ¿Qué dicen las Escrituras? Que si te pegan en la mejilla derecha, muestra la izquierda... Qué se le va a hacer.

Luego contó a media voz, sin pausas, de la vida en Moscú, de la ciudad, de cómo había trabajado de sirvienta en el hotel.

—Pues en Moscú las casas son grandes, de piedra —decía—. Hay muchas, muchas iglesias, un sinfín de ellas, como te lo digo. ¡Y en las casas todos son señores, y son tan guapos y tan elegantes!

Maria le dijo que no sólo nunca había estado en Moscú, sino ni siquiera en la capital del distrito. Era analfabeta, no sabía ni una oración, ni el Padrenuestro. Tanto ella como Fiokla, la otra cuñada que escuchaba a un lado, eran muy ignorantes y no podían entender nada. Ninguna de las dos quería a su marido. Maria tenía miedo de Kiriak, cuando éste se quedaba con ella, temblaba de pavor y a su lado se ahogaba, porque el hombre hedía a vodka y tabaco. En cuanto a Fiokla, cuando Olga le preguntó si echaba de menos al suyo, contestó enojada:

—¡Qué más me da!

Charlaron un rato y callaron...

Hacía fresco y junto al pajar cantaba un gallo a voz en cuello sin dejarles dormir. Cuando la azulada luz del amanecer empezó a filtrarse a través de todas las rendijas, Fiokla se levantó en silencio y salió. Luego se oyó cómo echó a correr con los pies descalzos.

II

Olga se fue a la iglesia y se llevó consigo a Maria. Cuando descendían por el sendero hacia el prado ambas se sentían alegres. A Olga le gustaba el campo abierto y Maria veía en su cuñada a una persona cercana y querida. Salía el sol. Sobre el prado volaba soñoliento y bajo un gavilán, el río corría gris,

erraba dispersa la neblina, pero al otro lado, sobre la pendiente, aparecía ya una franja de luz. Brillaba la cruz de la iglesia, y en el jardín de la casa señorial gritaban frenéticos los grajos.

—El viejo aún —contaba Maria—, pero la vieja es severa, se pelea por todo. El trigo nos llegó sólo hasta carnaval, ahora compramos la harina en la taberna. Por eso la vieja se enfada; coméis mucho, dice.

—¡Qué le vamos a hacer! No hay más remedio que aguantar. Ya lo dicen las Escrituras: venid a mí los que vivís de vuestro trabajo, los que sufrís...

Olga hablaba pausado, con voz cantarina, tenía unos andares de beata, rápidos y agitados. Cada día leía el Evangelio, recitaba en voz alta, como un diácono. Muchas cosas no las entendía, pero las palabras sagradas la emocionaban hasta las lágrimas, pronunciaba algunas de ellas con dulce éxtasis. Creía en Dios, en la Virgen y en los santos. Creía que en este mundo no hay que ofender a nadie: ni a la gente humilde, ni a los alemanes, ni a los gitanos, ni a los judíos, y que era incluso pecado maltratar a los animales. Creía que así estaba escrito en los libros sagrados y por ello, cuando leía las Escrituras, por poco que las entendiera, su rostro adquiría una expresión lastimera, tierna y luminosa.

—¿De dónde eres? —le preguntó Maria.

—De Vladímir, sólo que me llevaron a Moscú hace mucho tiempo, con ocho añitos.

Se acercaron al río. En la orilla, junto al agua, una mujer se estaba desnudando.

—Es nuestra Fiokla —dijo Maria reconociéndola—. Ha ido a la hacienda. Con los capataces. ¡Es de un descaro y de un mal hablado que espanta!

Fiokla —de cejas negras, el cabello suelto, aún joven y fuerte como una muchacha— se lanzó desde la orilla y se puso a patalear en el agua que se onduló a su alrededor.

—¡Es de un descaro que espanta! —volvió a decir Maria.

Atravesaba el río una insegura pasarela de troncos y justo debajo, en el agua clara y transparente, pasaban bandadas de mújoles cabezones. En los arbustos verdes que se miraban en el agua brillaban las gotas de rocío. Sopló una brisa templada que se agradecía.

Era una mañana maravillosa. Qué vida más hermosa habría en este mundo si no fuera por la miseria, ¡por la terrible e irremediable miseria de la que no hay modo de escapar! Bastó con volverse y mirar la aldea para que renaciese doloroso el día anterior, y todo el encanto que reinaba en torno desapareció al instante.

Llegaron a la iglesia. Maria se paró ante la entrada y no se atrevió a seguir. No se atrevió ni a sentarse, a pesar de que el toque a misa sonó sólo pasadas las ocho. Y así, de pie, se estuvo todo el tiempo.

Durante la lectura del Evangelio, de pronto la gente se puso en movimiento para abrir paso a la familia de los señores. Entraron dos muchachas, con vestidos blancos y sombreros de ala ancha, y con ellas un muchacho relleno y sonrosado con traje de marinero. Su aparición conmovió a Olga; a primera vista había llegado a la conclusión de que se trataba de personas decentes, instruidas y hermosas. En cambio, Maria los miraba ceñuda, sombría y triste como si no fuesen personas, sino monstruos que podían aplastarla si no se hacía a un lado.

Cuando el diácono exclamaba algo con su voz de bajo, la mujer siempre creía oír el grito de «¡Maria!», y le recorría un temblor.

III

En la aldea se enteraron de la llegada de la familia y después de la misa del mediodía la isba se llenó de gente. Los Leónychev, los Matvéichev y los Ilichov vinieron a saber de sus parientes que servían en Moscú.

A todos los muchachos de Zhúkovo que supieran leer y escribir los enviaban a Moscú y allí los colocaban exclusivamente de camareros y sirvientes de hotel. Al igual que en la aldea de la otra orilla que hacían de panaderos. Era una vieja costumbre, ya de tiempos de la servidumbre, de cuando un tal Luká Iványch, campesino de Zhúkovo, ahora legendario, que servía de camarero en uno de los clubes moscovitas, sólo admitía en su trabajo a paisanos suyos. Y éstos, ya instalados, llamaban a sus parientes, a quienes conseguían empleo en fondas y restaurantes. Desde entonces por los alrededores a la aldea Zhúkovo no se le daba otro nombre que Jámskaya o

Jolúyevka[2]. A Nikolái lo llevaron a Moscú cuando tenía once años, y lo colocó Iván Makárych, de la familia de los Matvéichev, entonces ujier de los Jardines Hermitage. Y ahora en la isba, al dirigirse a los Matvéichev, Nikolái hablaba sentencioso:

—Iván Makárych es mi bienhechor y por él debo rezar de día y de noche, pues gracias a él me hice un hombre de bien.

—Padre mío celestial —balbuceó llorosa una anciana alta, hermana de Iván Makárych—. Y no se sabe nada del pobre.

—Durante el invierno sirvió en casa de los Omón y, en la presente temporada, se decía que estaba en alguna parte en las afueras de la ciudad, en unos jardines... ¡Ha envejecido! Antes había días en verano que se traía hasta diez rublos, pero ahora en todas partes la cosa está parada, y el viejo lo pasa mal.

Las ancianas y las mujeres miraban las piernas de Nikolái enfundadas en unas botas de fieltro y su pálido rostro, y exclamaban con tristeza:

—¡Mala suerte la tuya, Nikolái Ósipych, que ya no puedes sostener a tu familia! ¡Vaya por Dios!

Todas acariciaban a Sasha. Ésta ya había cumplido los diez años, pero era baja de estatura y muy delgada, por lo que no se le podía dar más de siete años. Entre las demás muchachas, morenas por el sol, con el pelo mal cortado, cubiertas con camisas largas desteñidas, ella, de semblante claro, grandes ojos oscuros y una cinta roja en el pelo, tenía un aspecto divertido, parecía un animalito cazado en el campo y traído a casa.

—¡Y hasta me sabe leer! —dijo orgullosa Olga mirando dulcemente a su hija—. ¡Lee, mi niña! —dijo sacando la Biblia de un rincón—. Tú lee, que esta gente cristiana te oiga.

El libro era viejo, pesado, encuadernado en cuero y gastados los bordes. Despedía un olor como si en la casa hubieran entrado monjes. Sasha alzó las cejas y comenzó a leer con voz fuerte y recitativa:

—Después que ellos se retiraron, el ángel del Señor... apareció en sueños a José, y le dijo: «Levántate y toma contigo al niño y a su madre...».

—Al niño y a su madre —repitió Olga y enrojeció de la emoción.

2 De *jam* o *jolúi*, denominaciones despectivas de lacayo, sirviente, siervo.

—«Y huye a Egipto... y quédate allí hasta cuando te avise...»

Al llegar la niña al «hasta cuando», Olga no pudo contenerse y echó a llorar. Al verla, Maria lanzó un sollozo y tras ella, la hermana de Iván Makárych. El viejo tosió y buscó alguna golosina para la nieta, pero no encontró nada y dejó caer la mano con gesto abatido. Cuando se acabó la lectura, los vecinos se marcharon a sus casas emocionados y muy satisfechos de Olga y Sasha.

Como era fiesta, la familia se quedó todo el día en casa. La vieja, a la que todos —el marido, las nueras y los nietos— llamaban abuela, se esforzaba por hacerlo todo ella misma: encendía el horno, preparaba el samovar e incluso al mediodía marchó al prado a ordeñar la vaca; luego rezongaba que la habían matado a trabajar. Siempre andaba atenta a que nadie comiera un pedazo de más y que el viejo y las nueras no estuvieran sin hacer nada. De pronto creía oír que los gansos de la taberna querían entrar en su huerto y salía corriendo de la casa con un palo largo y se pasaba media hora gritando con voz chillona junto a sus coles mustias y escuálidas como ella. De pronto le parecía que un cuervo acechaba sus polluelos y se lanzaba blasfemando sobre aquél. Andaba enfadada y refunfuñando de la mañana a la noche y con frecuencia lanzaba tales gritos que los que pasaban por la calle al oírla se detenían.

Trataba con dureza a su marido, lo llamaba unas veces zángano y otras, maldito viejo. Él era un mujik inconstante con el que no se podía contar para nada y si ella no estuviera azuzándole a cada momento, dejaría de trabajar del todo y se pasaría el día charlando subido en la estufa. El viejo se estuvo largo rato contando a su hijo de ciertos enemigos suyos; se quejaba de las ofensas que al parecer tenía que soportar cada día de los vecinos. Era muy aburrido escucharlo.

—Sí, sí... —contaba estrechándose los costados—. A la semana de la Exaltación de la Cruz, vendí el heno a treinta kópeks el pud[3], llegamos a ese precio... Así que... Bueno. Pues iba yo con mi heno, que vendía por propia voluntad, sin meterme con nadie. Y en eso veo en mala hora al stárosta[4] Antip

3 Medida de peso, 16,3 kg.

4 Jefe electo de la aldea.

Sedélnikov que sale de la taberna. «¿Adónde vas con eso, tal y cual?» Y me soltó una torta.

A Kiriak de la resaca le dolía horriblemente la cabeza y se sentía avergonzado ante el hermano.

—¡Mira lo que hace el vodka! ¡Vaya por Dios! —rezongaba sacudiendo su dolorida cabeza—. Por Cristo os pido que me perdonéis, hermanos. Yo mismo me siento apenado.

Como era fiesta compraron en la taberna un arenque e hicieron una sopa con la cabeza. Al mediodía se sentaron a tomar el té y bebieron largo rato, hasta sudar. Cuando parecían tener la tripa llena de tanto té comenzaron a comer la sopa, todos de la misma cazuela. La abuela guardó bien el arenque.

Llegó la tarde. El alfarero cocía pucheros en el barranco. Abajo en el prado las muchachas bailaban en corro y cantaban. Sonaba un acordeón. En la otra orilla también ardía un horno y cantaban unas muchachas. Desde lejos sus cantos sonaban armoniosos y delicados. En la taberna y sus alrededores alborotaban los mujiks, cantaban con voces ebrias, cada uno por su lado y lanzaban tales blasfemias que Olga no paraba de estremecerse y exclamar:

—¡Dios mío!

Le asombraba que los denuestos sonaran sin parar y que quienes juraban más y con mayor persistencia fueran los que más cerca de la muerte estaban: los viejos. Los chiquillos y las muchachas oían las blasfemias sin inmutarse. Se veía que estaban acostumbrados a oírlos desde la cuna.

Pasada la medianoche se apagaron los hornos de una y otra orilla, pero abajo en el prado y en la taberna seguía la diversión. El viejo y Kiriak, borrachos, tomados de la mano y chocando entre sí con los hombros, se acercaron al pajar donde dormían Olga y Maria.

—Déjala —intentaba convencer a su hijo el viejo—. Déjala... Es buena mujer... Que te pierdes...

—¡Maria-a-a! —gritó Kiriak.

—Déjala... Que te pierdes... No es mala.

Después de un rato junto al pajar, ambos se marcharon.

—¡Me-e-e gustan las flores del campo! —cantó de pronto el viejo con voz aguda y estridente—. ¡Me-e-e gusta ir a buscarlas al prado!

Luego escupió, lanzó una blasfemia brutal y se dirigió a la isba.

IV

La abuela mandó a Sasha al huerto a vigilar que no entraran los gansos. Era un caluroso día de agosto. Los gansos del tabernero podían meterse en el huerto por la parte de atrás, pero ahora andaban ocupados picando la avena caída junto a la taberna y parecían charlar pacíficamente. Sólo el jefe alzaba mucho la cabeza como queriendo ver si venía la vieja con el palo. De abajo también podían llegar otros gansos, pero ahora se encontraban lejos, al otro lado del río; se extendían por el prado como una larga guirnalda blanca. Sasha se aburrió al rato de estar en el huerto y viendo que los gansos no se acercaban se alejó hacia el barranco.

Allí vio a la hija mayor de Maria, Motka, que estaba inmóvil sobre una gran roca, mirando hacia la iglesia. Maria parió trece veces, pero sólo le quedaron seis hijas, ni un varón, la mayor tenía ocho años. Motka, descalza, con una larga camisa, estaba al sol que le daba en la nuca. No parecía notarlo, estaba como petrificada. Sasha se puso a su lado y dijo mirando hacia la iglesia:

—En la iglesia vive Dios. En las casas los hombres tienen candiles y velas, pero en casa de Dios hay lamparillas rojas, verdes y azules como los ojos. Por la noche Dios se pasea por la iglesia y con él la Santísima Virgen y San Nicolás. ¡Top, top, top! Y el guarda pasa mucho, mucho miedo. ¡Así-i-i es, mujer! —añadió imitando a su madre—. Y cuando llegue el juicio final, todas las iglesias subirán al cielo.

—¿Con cam-pa-nas y todo? —preguntó Motka con voz gruesa y alargando cada sílaba.

—Con campanas y todo. Y en el juicio final, las personas buenas se irán al cielo y los malos arderán en el fuego eterno que nunca se apaga. ¡Así es, mujer! A mi mamá y también a Maria Dios les dirá: «No habéis ofendido a nadie y por eso id a la derecha, al cielo». Pero a Kiriak y a la abuela les dirá:

«En cambio, vosotros id a la izquierda, al fuego. Y quien coma carne en vigilia, también irá derechito al fuego».

Sasha miró hacia arriba, al cielo, abrió de par en par los ojos y dijo:

—Mira al cielo sin pestañear. Se ven los ángeles. Motka miró al cielo, pasó un minuto en silencio.

—¿Los ves? —preguntó Sasha.

—No —pronunció con voz profunda Motka.

—Pues yo sí. Angelitos pequeños vuelan por el cielo con sus alitas. Chic, chic, como los mosquitos.

Motka se quedó pensativa mirando al suelo y preguntó:

—¿La abuela irá a parar al fuego?

—Así-i-i es, mujer.

De la roca bajaba una pendiente lisa cubierta de hierba tan verde y mullida que daban ganas de acariciarla con las manos o acostarse sobre ella. Sasha se tumbó y se dejó caer pendiente abajo. Motka, con expresión seria y severa, con los carrillos hinchados, también se tiró dejándose caer cuesta abajo. En la bajada la camisa se le subió hasta los hombros.

—¡Qué gracia! —exclamó Sasha llena de entusiasmo. Subían para echar a rodar de nuevo cuesta abajo cuando llegaron hasta ellas los chillidos de una voz conocida. ¡Horror! La abuela, desdentada, huesuda y jorobada, con sus cortos cabellos canosos agitados al viento, ahuyentaba con el largo palo a los gansos fuera del huerto y gritaba:

—Han destrozado todas las coles, los malditos. ¡Que reventéis mil veces y os pudráis vivos, bichos del infierno!

Vio a las chicas, tiró el palo, tomó una rama y agarrando por el cuello a Sasha con sus dedos secos y duros como pinzas la azotó. Sasha lloraba de dolor y miedo. En ese momento el ganso jefe, contoneándose y con el cuello estirado se acercó a la vieja y graznó algo; cuando volvió a la bandada todas las ocas lo saludaron con gritos de aprobación: ¡go go go! Después le tocó el turno a Motka a la que con los golpes se le volvió a subir la camisa. Profundamente dolida y llorando a gritos, Sasha se dirigió a la isba para quejarse a su madre; tras ella iba Motka, que también lloraba pero con voz profunda y tenía el rostro tan mojado que parecía haberlo sumergido en agua.

—¡Dios mío! —exclamó llena de asombro Olga cuando ambas niñas entraron en la casa—. ¡Virgen Santísima!

Sasha comenzó a contar lo sucedido. En ese instante entró la abuela entre juramentos y gritos chillones, también Fiokla se enfadó y la isba se llenó de voces.

—¡No es nada, no es nada! —decía Olga, disgustada, consolando a su hija y acariciándole la cabeza—. Es tu abuelita y es pecado enfadarse con ella. No es nada, niña mía.

Nikolái, harto del constante griterío, el hambre, el humo y la pestilencia del lugar, cargado de odio y asco ante tanta miseria y avergonzado ante su mujer e hija por sus padres, se enderezó bajando las piernas de la estufa y se dirigió a su madre con voz irritada y plañidera:

—¡No puede usted pegarle! ¡No tiene usted ningún derecho a pegarle!

—¡A ver si ya la cascas allí arriba, inútil! —le gritó con odio Fiokla—. ¡Mal viento os ha traído por aquí, gorrones!

Sasha y Motka y todas las niñas que se encontraban en la isba, se acurrucaron en el rincón de la estufa, tras las espaldas de Nikolái y de allí oían todos los gritos en silencio y despavoridas. Oían el palpitar de sus pequeños corazones. Cuando en una familia hay un enfermo ya sin esperanzas de sanar y tarda en morirse, a veces se suceden momentos penosos en que todos los allegados desean en el fondo de su alma que se muera. Sólo los niños temen la muerte de un ser querido y se horrorizan ante esa idea. Las niñas, contenida la respiración, contemplaban a Nikolái y pensaban en que moriría pronto; tenían ganas de llorar y de decirle algo dulce y cariñoso.

Éste se apretujaba contra Olga como buscando su protección y le decía en voz baja y temblorosa:

—Olga, querida, ya no aguanto más aquí. Se me han acabado las fuerzas. Por Dios y todos los santos, escribe a tu hermana Klavdia Abrámovna que empeñe todo lo que tenga y que nos mande el dinero; nos iremos de aquí. Dios mío —prosiguió lleno de amargura—. Quién pudiera ver mi querida Moscú, aunque sea por una rendija. ¡Al menos verla en sueños, madre mía!

Cuando llegó el atardecer y la isba se llenó de oscuridad, todo era tan angustioso que costaba decir una sola palabra. La abuela, aún enojada, mojó en una taza unas cortezas de pan negro; las chupó largo rato, toda una hora. Maria, después de ordeñar la vaca, trajo el balde con la leche y la dejó sobre el banco. Luego la abuela, también largo rato, sin prisas, vertió la leche en los jarros, al parecer satisfecha de que, siendo días de vigilia, nadie la iba a beber y podría guardarla toda. Sólo vertió un poco, casi nada, en un platillo para el niño de Fiokla. Cuando la vieja y Maria se llevaron los jarros a la despensa, Motka descendió de la estufa y, acercándose al banco donde estaba la escudilla de madera con las cortezas, dejó caer en ella un poco de leche del platillo.

La abuela, al regresar a la isba, volvió de nuevo a sus cortezas, mientras Sasha y Motka, sentadas en la estufa, la miraban contentas de que la vieja faltara a la vigilia; ahora seguro que iría al infierno. Consoladas, se echaron a dormir. Sasha, antes de sumergirse en el sueño, se imaginó el juicio final: un gran horno como el de los alfareros ardía y un demonio con unos cuernos como los de una vaca, completamente negro, azuzaba a la abuela con un largo palo, igual que ella lo hizo con los gansos, y la empujaba hacia el fuego.

V

El día de la Asunción, a las diez de la noche, los jóvenes que paseaban por el prado, de pronto se pusieron a dar gritos y corrieron en dirección a la aldea. Y los que se encontraban arriba, sentados en el borde del barranco, en el primer momento no pudieron comprender a qué se debía el alboroto.

—¡Fuego! ¡Fuego! —sonó abajo un grito desesperado—. ¡Arde una casa!

Los de arriba, al mirar hacia las casas, pudieron ver un cuadro terrorífico e inusual. Sobre el techo de paja de una de las isbas extremas del pueblo se elevaba una alta columna de fuego que se arremolinaba lanzando chispas en todas direcciones como el chorro de un surtidor. Al instante prendió toda la techumbre con brillantes llamaradas y se oyó el crepitar del fuego.

Se nubló la luz de la luna y toda la aldea se vio bañada de una luminosidad rojiza y temblorosa; por el suelo corrían negras sombras, olía a quemado.

Los que llegaron corriendo de abajo, perdido el aliento, no podían hablar del temblor, se empujaban, caían, cegados por el fuego, veían mal y no se reconocían el uno al otro. El espectáculo infundía pavor. Lo que más creaba esa sensación era que sobre el fuego, entre el humo, volaban las palomas y en la taberna, aún no enterados del incendio, seguían cantando y tocando el acordeón como si nada pasara.

—¡Arde la casa del tío Semión! —gritó alguien con voz ruda y sonora.

Maria corría de un lado a otro junto a su isba y aunque el fuego estaba lejos, en el otro extremo, lloraba, se retorcía las manos tiritando de espanto. Salió Nikolái con sus botas de fieltro, aparecieron los críos con sus camisas. Junto a la isba del alguacil golpearon una plancha de hierro. Bem... bem... bem..., resonó el aire, y este tañido repetido e incansable encogía el corazón, producía escalofríos de angustia. Las mujeres ancianas sacaron los iconos. De los patios echaban a la calle a las ovejas, los terneros y las vacas; sacaban baúles, pellizas y tinajas. Pusieron en libertad a un potro azabache al que no soltaban con el rebaño porque coceaba y lastimaba a los demás caballos. El animal, desatado, recorrió entre relinchos la aldea de una parte a otra, de pronto se detuvo junto a un carro y empezó a soltarle coces con las patas traseras.

Al otro lado del río sonaron las campanas de la iglesia.

Junto a la isba que ardía hacía mucho calor y había tanta claridad que se veía con nitidez cada brizna de hierba. En uno de los baúles que lograron salvar se hallaba sentado Semión, un hombre pelirrojo con una gran nariz. Llevaba una gorra de visera calada hasta las orejas y una chaqueta. Su mujer yacía en el suelo boca abajo y gemía presa de un ataque de nervios. Iba y venía por allí un viejo desconocido de unos ochenta años, bajito, de larga barba, parecido a un gnomo; no era del lugar pero algo tenía que ver con el incendio, andaba sin gorro y con un hato blanco entre las manos. En su calva se reflejaba el fuego. El stárosta Antip Sedélnikov, de tez oscura y cabellos negros como un gitano, se acercó a la casa con un hacha y, no se sabe bien por qué razón, una tras otra destrozó las ventanas y luego la emprendió con la entrada.

—¡Mujeres, agua! —gritaba—. ¡Que traigan la bomba! ¡A moverse!

Los mismos hombres que hasta el momento se divertían en la taberna arrastraban ahora la bomba. Todos estaban borrachos, tropezaban y caían, en sus rostros se leía la impotencia, los ojos les lloraban.

—¡Chicas, agua! —gritaba Antip, que también estaba borracho—. ¡A moverse, mozas!

Mujeres y jóvenes corrían abajo hacia una fuente y subían el terraplén con cubos y barreños llenos de agua. Después de vaciarlos en la bomba, de nuevo echaban a correr. También Olga, Maria, Sasha y Motka acarreaban cubos. Mujeres y chiquillos bombeaban el agua, la manguera silbaba. El stárosta la dirigía hacia la puerta y a las ventanas cerrando el paso con el dedo, por lo cual la manguera silbaba más.

—¡Muy bien, Antip! —se oían voces de aprobación—. ¡Dale!

Antip se introdujo en el zaguán, en medio del fuego, y desde allí gritó:

—¡Más fuerte! ¡Dadle más, hombres de Dios, que ya veis qué desgracia!

Los hombres se apelotonaban en el lugar sin hacer nada, y miraban el fuego. Nadie sabía por dónde empezar, ni qué hacer, mientras que por los alrededores había gavillas de trigo, heno, desvanes y montones de ramas secas. Entre los mujiks también se encontraban Kiriak y el viejo Ósip, su padre, ambos bebidos. Al parecer, queriendo justificar su ociosa actitud, el viejo le decía a la mujer que yacía en el suelo:

—¡No te castigues, mujer! ¡Que la isba está multada, a ti qué más te da!

Semión, dirigiéndose a uno o a otro, les contaba la causa del incendio:

—Este viejo de ahí, con el hatillo, es un criado del general Zhúkov... Era cocinero de nuestro general, que Dios lo tenga en la gloria. Llegó por la tarde y nos dijo: «Dejadme pasar la noche...» Pues eso, que nos tomamos un vasito cada uno, y ya se sabe... La mujer se puso a preparar el samovar, quería hacerle un té al viejo, y en mala hora decidió encenderlo en el zaguán. O sea que el fuego salía de la chimenea directo al techo, a la paja, y allí empezó la cosa. Por poco no ardemos todos. Lo malo es que se ha quemado la gorra del viejo, lástima.

Entretanto resonaba incansable la plancha de hierro y repicaban sin parar las campanas de la iglesia. Olga, iluminada por el resplandor y sofocada, miraba con horror las ovejas rojas y las palomas rosadas que volaban entre el humo, y corría arriba y abajo. Le parecía que ese tañido se había clavado como una afilada aguja en el alma, que el incendio no tendría fin, que Sasha se había perdido... Y cuando el techo de la isba se hundió con estruendo, se sintió desfallecer ante la idea de que ahora ardería toda la aldea, y ya sin poder ir a por más agua, se sentó al borde del barranco dejando los cubos a su lado. Junto a ella y más abajo las mujeres gritaban cual plañideras a un difunto.

Pero entonces, desde la otra orilla, de la hacienda llegaron en dos carros unos capataces y trabajadores trayendo consigo otro coche de bomberos. Llegó a caballo un estudiante joven, con una guerrera blanca sin abotonar. Retumbaban las hachas, adosaron una escalera a los troncos ardiendo de la casa por la que subieron cinco hombres a la vez. Delante de todos subía el estudiante con el rostro enrojecido, gritaba con voz destemplada y ronca como si eso de apagar incendios fuera para él cosa de cada día. Comenzaron a desmontar tronco por tronco la isba y el establo, apartaron la cerca y un almiar próximo.

—¡No dejéis que lo destrocen todo! —sonaron entre la gente gritos airados—. ¡Que no lo rompan!

Kiriak se dirigió hacia la isba con aire decidido, resuelto a impedir el destrozo, pero uno de los trabajadores le hizo dar media vuelta sacudiéndole un puñetazo. Se oyeron risas; el trabajador le dio otro golpe a Kiriak que cayendo al suelo retrocedió a rastras hacia la muchedumbre.

También llegaron dos hermosas muchachas tocadas con sombreros, al parecer hermanas del estudiante. Se detuvieron a cierta distancia contemplando el incendio. Los troncos esparcidos ya no ardían, pero humeaban mucho. El estudiante tomó la manguera dirigiendo su chorro bien a los troncos calcinados, bien sobre los mujiks y las mujeres que acarreaban agua.

—¡Georges! —exclamaban las dos muchachas en tono de reproche y preocupación—. ¡Georges!

El incendio se apagó. Y sólo cuando la gente comenzó a dispersarse, los hombres se dieron cuenta de que ya amanecía y que todos estaban pálidos, aunque más oscuros —una sensación que siempre se da al despuntar el día, cuando en el cielo se apagan las últimas estrellas—. Yendo hacia sus casas, los campesinos reían y se chanceaban del viejo cocinero del general Zhúkov y del gorro que se le había quemado. Ya tenían ganas de bromear sobre el incendio, y hasta se diría que lamentaran que hubiera durado tan poco.

—¡Señorito, qué bien lo ha hecho usted! —le dijo Olga al estudiante—. Tenía que ir usted a Moscú, allí tenemos incendios cada día.

—¿Es usted de Moscú? —preguntó una de las señoritas.

—Pues sí, señorita. Mi marido sirvió en el Bazar Eslavo. Y ésta es mi hija —prosiguió señalando a Sasha que, aterida, se apretujaba a ella—. También es moscovita.

Las señoritas dijeron algo en francés al estudiante y éste le dio a Sasha una moneda de veinte kopeks. Al ver esto el viejo Ósip, en el rostro se le iluminó una esperanza.

—Gracias a Dios que no hubo viento, señor —dijo el viejo dirigiéndose al estudiante—. Si no, señor, en una hora hubiésemos ardido todos. Noble señor, sea bueno —añadió en tono confuso y más bajo—. El amanecer es frío, bueno sería calentarse... con media botellita, si usted tuviera la bondad.

No le dieron nada y el hombre marchó rezongando hacia la casa. Olga se quedó junto al borde de la pendiente y observó cómo los dos carros vadeaban el río y los señores marchaban por el prado. Al otro lado del río les esperaba un carruaje. Al volver a casa, Olga contaba entusiasmada a su marido:

—¡Son tan buenos! ¡Tan guapos! ¡Y las señoritas, unos querubines!

—¡Ojalá revienten! —exclamó con odio Fiokla, medio dormida.

VI

Maria se creía muy desgraciada, y decía que tenía muchas ganas de morirse. A Fiokla, por el contrario, le encantaba la vida que llevaba: la pobreza, la suciedad y el infatigable retumbar de blasfemias. Comía lo que le daban, sin fijarse; dormía donde y como fuera; tiraba el agua sucia junto a la puerta; la tiraba desde el umbral y por si fuera poco se paseaba descalza por el charco. Desde el primer día odió a Olga y a Nikolái justamente porque no les gustaba esa vida.

—¡Ya veremos lo que vais a comer, señoritos de Moscú! —decía con sorna—. ¡Ya lo veremos!

Una mañana —eso era ya a principios de septiembre—, Fiokla, sonrosada del frío, sana y hermosa, entró en la casa con dos cubos de agua que llevó del río. En ese momento Maria y Olga estaban sentadas a la mesa tomando té.

—Eso mismo: té, azúcar —comentó sardónica Fiokla—. Mira las señoras —añadió dejando en el suelo los cubos—, vaya moda han sacado, tomar té todos los días. No vaya a ser que reventéis de tanto té —prosiguió mirando con odio a Olga—. ¡La cara de cerdo que le ha salido en su Moscú a la gorda ésta!

Y volteando la vara que se usa para llevar los cubos de agua golpeó con él sobre el hombro a Olga. Las dos cuñadas alzaron llenas de espanto las manos y exclamaron:

—¡Dios mío!

Fiokla se fue al río a lavar ropa y durante todo el camino fue lanzando improperios en voz tan alta que llegaban hasta la isba.

Pasó el día y llegó la tarde, un largo atardecer de otoño. En la isba todos hilaban seda, todos menos Fiokla, que marchó a la otra orilla. Trabajaban para una fábrica vecina; no ganaban mucho, unos veinte kopeks a la semana.

—Cuando éramos de los señores iban mejor las cosas —decía el viejo hilando—. Trabajabas, comías y dormías, todo a su tiempo. A la comida tu sopa y tus gachas, a la cena también sopa y gachas. No faltaban nunca ni los pepinos ni la col: comías cuanto querías, lo que te entraba. Y había más orden. Cada uno sabía su lugar.

Ardía sólo un candil que humeaba y despedía una luz mortecina. Cuando alguien se interponía entre el candil y la ventana y la ancha sombra caía sobre ella, se podía ver la luz clara de la luna. El viejo Ósip contaba calmo cómo vivían antes de recibir la libertad, cómo en estos mismos lugares donde ahora se vive tan tristemente, entre tanta pobreza, cazaban con galgos, lebreles, podencos y durante las cacerías los campesinos recibían vodka; cómo se dirigían a Moscú carros enteros cargados de caza destinados a los jóvenes señores; cómo a los que cometían alguna maldad se los azotaba o los desterraban a otras propiedades, mientras que a los obedientes se les recompensaba.

También la abuela contó alguna historia. Se acordaba de todo, realmente de todo. Habló de su señora, una mujer bondadosa, temerosa de Dios que tenía un marido jaranero y depravado y unas hijas que se casaron todas de cualquier manera. Una se casó con un borracho, otra con uno de baja condición, y a la tercera la raptaron (la propia abuela que entonces era una muchacha, participó en el rapto) y todas ellas murieron pronto de pena, como también su madre. Y al acordarse de todo aquello, la abuela hasta dejó caer alguna lágrima.

De pronto alguien llamó a la puerta y todos se estremecieron.

—¡Ósip, por favor, déjame pasar la noche aquí!

Entró el vejete calvo y pequeño, el cocinero del general Zhúkov, el mismo al que se le quemó el gorro. El hombre se sentó y se puso a escuchar. También comenzó a recordar y a contar historias. Nikolái, sentado en la estufa con los pies colgando, escuchaba y hacía preguntas sobre las comidas que preparaban a los señores. Hablaron de chuletas y croquetas, de diversas sopas y salsas, y el cocinero, que también se acordaba muy bien de todo, nombraba platos que ya no se hacen; por ejemplo, había uno que se preparaba con ojos de toro y se llamaba «al despertar por la mañana».

—¿Hacían entonces croquetas Marechal? —preguntó Nikolái.

—No.

Nikolái meneó con desaprobación la cabeza y dijo:

—Vaya cocineros estabais hechos.

Las chicas, sentadas, recostadas sobre la estufa, miraban abajo sin parpadear; parecía que fueran muchas, como querubines en las nubes. Les gustaban las historias; suspiraban, se estremecían y perdían el color ya de la emoción ya de miedo. Y cuando hablaba la abuela, que era la que contaba las cosas más interesantes, las niñas escuchaban cortada la respiración y temiendo hacer el menor movimiento.

Se acostaron a dormir en silencio. Y los viejos, con el ánimo intranquilo y emocionados por los recuerdos, pensaban en lo buena que es la juventud, después de la cual, fuera ésta como fuera, en la memoria queda solamente lo vivo, lo alegre y emotivo, y qué pavorosa es esta fría muerte que ya se les avecina, ¡mejor no pensar en ella! Se apagó el candil. Y la penumbra, las dos ventanas recortadas por la luz lunar, y el silencio y el chirrido de la cuna, por una extraña razón, todo hacía pensar en que la vida había pasado y ya no había modo de volverla atrás... Uno se hunde en el sueño, se pierde en él, y de pronto nota un golpe en el hombro y el respirar de alguien en la cara, y se va el sueño, se nota el cuerpo embotado y en la cabeza se mete constante la idea de la muerte. Uno se da la vuelta, se ha olvidado de la muerte, pero por la cabeza siguen rondando pensamientos lejanos, tristes y gastados sobre las penurias, el forraje, de que la harina está más cara, y al cabo de un rato, de nuevo uno se acuerda de que la vida ha pasado y que ya es imposible volverla atrás...

—Dios mío —suspiró el cocinero.

Alguien llamó muy suavemente en la ventana. Debía ser Fiokla de vuelta. Olga se levantó y bostezando, rezando una oración, abrió la puerta; después, en el zaguán, descorrió el cerrojo. Pero nadie entraba, sólo llegó la brisa fría de la noche y la luna iluminó la oscuridad. A través de la puerta abierta se veía la calle silenciosa y desierta, y la luna que se deslizaba por el cielo.

—¿Quién hay? —llamó Olga.

—Yo —se oyó—, soy yo.

Junto a la puerta, arrimada a la pared estaba Fiokla, completamente desnuda. Temblaba de frío, le castañeteaban los dientes y, bañada por la luz clara de la luna, parecía muy pálida, bella y extraña. Las sombras y el brillo de la luna sobre su piel saltaban vivamente a la vista. Destacaban de modo especial las oscuras cejas y los jóvenes y turgentes pechos.

—En la otra orilla unos sinvergüenzas me han quitado la ropa, mira cómo me han dejado... —logró decir—. He llegado hasta casa sin ropa... como mi madre me trajo al mundo. Trae algo para ponerme.

—¡Pero entra a casa! —susurró Olga también echando a temblar.

—No quiero que me vean los viejos.

En efecto, la abuela ya estaba intranquila y rezongaba, mientras el viejo preguntaba: «¿Quién anda allí?». Olga le trajo su camisa y la falda, vistió a Fiokla, y luego, en silencio, intentando no hacer ruido, entraron en la casa.

—¿Eres tú, pava? —rezongó enfadada la abuela, dándose cuenta de quién era—. ¡Pájaro de noche, que te...! ¡Que mal rayo te parta!

—Ya está, ya está —susurraba Olga tapando a Fiokla—. Ya está, mujer.

De nuevo reinó el silencio. En la isba siempre dormían mal. A cada uno le impedía dormir alguna desazón persistente: al viejo, un dolor en la espalda; a la abuela, las preocupaciones y la rabia; a Maria, el terror; a los niños, los picores y el hambre. También aquella vez el sueño era intranquilo: daban vueltas de un costado a otro, hablaban entre sueños, se levantaban a beber agua.

De pronto, Fiokla rompió en sollozos, sonó su voz ruda, pero al instante se contuvo. De vez en cuando hipaba con voz más sorda y apagada hasta que por fin calló. Desde la otra orilla llegaban las campanadas del reloj; pero las horas sonaban de una manera rara: primero dieron las cinco, luego las tres.

—¡Dios mío! —suspiraba el cocinero.

Era difícil precisar si el resplandor que entraba por la ventana se debía a la luna o al amanecer. Maria se levantó y salió. Se oyó cómo ordeñaba la vaca en el patio y decía: «¡Quieta!». Salió también la abuela. La casa seguía a oscuras, pero se veían todos los objetos.

Nikolái, que no pudo dormir en toda la noche, bajó de la estufa. Sacó del baúl verde su frac, se lo puso y acercándose a la ventana alisó las mangas, y tiró de los faldones... y sonrió. Después se quitó el frac con cuidado, lo guardó en el baúl y se acostó de nuevo.

Volvió Maria y se puso a encender la estufa. Al parecer, todavía estaba medio dormida y ahora se iba despertando sobre la marcha. Probablemente hubiera tenido algún sueño o le vino a la memoria la conversación del día anterior, porque se desperezó con placer ante la estufa y dijo:

—¡No, es mejor ser libre!

VII

Un día llegó el «señorito», así llamaban en la aldea al jefe de policía del distrito. Una semana antes ya se sabía cuándo y para qué vendría. En Zhúkovo sólo había cuarenta casas, pero las deudas al fisco y al zemstvo[5] pasaban de los dos mil rublos.

5 Administración local, semejante a la comarca.

El jefe de policía se detuvo en la taberna; se tomó sus dos vasos de té y seguidamente se dirigió a pie hacia la isba del stárosta; allí le esperaba el grupo de deudores. El stárosta, Antip Sedélnikov, a pesar de su juventud —tenía poco más de treinta años—, era un hombre de orden y siempre estaba del lado de la autoridad, aunque él mismo fuera pobre y pagara a destiempo sus impuestos. Al parecer le divertía ser stárosta, le gustaba sentirse con poder, con una autoridad que no sabía manifestar de otro modo que con el rigor. En las reuniones de la comunidad se le temía y obedecía. A veces se arrojaba sobre un borracho en la calle o en la taberna, le ataba las manos y lo metía en el calabozo. Hasta un día arrestó a la abuela porque en una reunión de la comunidad a la que fue en lugar de Ósip, se puso a lanzar blasfemias y la tuvo encerrada un día entero. No había vivido en la ciudad y nunca había leído un libro, pero de alguna parte se había aprendido una colección de palabras sabias que le gustaba usar en la conversación, por lo cual se le respetaba, aunque no siempre se le entendiera.

Cuando Ósip entró en la isba del stárosta con su libro de contribuciones, el jefe de policía, un viejo enjuto de largas patillas canosas y una guerrera gris, estaba sentado detrás de la mesa en un rincón frente a la entrada y escribía algo. La isba era limpia, todas las paredes se veían cubiertas de estampas de colores recortadas de las revistas y en el lugar más visible junto a los iconos colgaba el retrato de cierto Battenberg, antiguo príncipe búlgaro. Junto a la mesa, con los brazos cruzados, se encontraba Antip Sedélnikov.

—La deuda de éste, Excelencia, alcanza el monto de ciento diecinueve rublos —dijo cuando llegó el turno de Ósip—. Antes de Pascuas pagó un rublo y, desde entonces, ni un céntimo.

El jefe de policía alzó la vista hacia Ósip y dijo:

—¿Cómo es eso, eh?

—Le imploro compasión, Excelencia —comenzó diciendo Ósip con voz emocionada—. Permítame decirle que el año pasado, el señorito Liutoretski me dijo: «Ósip, véndeme el heno... Tú véndemelo», me dijo.

»¿Y por qué no? Tenía yo unos cien puds para vender, las mujeres lo segaron en el prado... Bueno, convinimos un precio... Todo bien, a voluntad...

Se quejó del stárosta y mientras hablaba constantemente se giraba hacia los otros campesinos como poniéndolos por testigos. Tenía el rostro enrojecido y sudoroso, los ojos le brillaban de odio.

—No entiendo a qué viene todo esto —dijo el jefe de policía—. Lo que te pregunto... te estoy preguntando, por qué no pagas la contribución. Ninguno ha pagado, ¿y yo tengo que responder por vosotros?

—¡Es que no hay de dónde!

—Frases inconsecuentes, Excelencia —dijo en su lenguaje culto el stárosta—. En efecto, los Chikildéyev son de clase insuficiente, pero haga el favor de preguntar a los demás, Excelencia. Y verá que la causa es siempre la misma: el vodka, y que son muy sinvergüenzas, sin entendederas.

El jefe de policía apuntó algo y dijo a Ósip en tono pausado y monocorde, como quien pide agua:

—Fuera de aquí.

Al poco se marchó y, cuando subía entre carraspeos a su destartalado carruaje, hasta por la expresión de su larga y delgada espalda se podía intuir que ya no se acordaba ni de Ósip, ni del stárosta, ni de los demás morosos de Zhúkovo, sino que iba pensando en sus propias cosas. No tuvo tiempo el jefe de policía de recorrer ni una versta, cuando Antip Sedélnikov sacaba de la isba de los Chikildéyev el samovar. Tras él, entre gritos chillones y derrengados, marchaba la abuela.

—¡No te lo daré! ¡No te lo daré, maldito!

El stárosta marchaba a grandes pasos, la vieja lo seguía perdiendo el aliento, a punto de caer, con la espalda torcida y una expresión salvaje en la cara. El pañuelo le cayó sobre los hombros y sus cabellos canos, de un toque verdoso, se agitaban al viento. De improviso se detuvo y como una auténtica amotinada, empezó a darse golpes en el pecho con los puños y aullar aún con mayor fuerza dando alaridos sollozantes.

—¡Gente de bien, quien crea en Dios Todopoderoso! ¡Hermanos, nos han agraviado! ¡Nos atropellan, buena gente! ¡Oh, por lo que más queráis, defendednos!

—¡Abuela, abuela —exclamó en tono severo el stárosta—, no pierdas el entendimiento!

Sin el samovar en casa de los Chikildéyev la tristeza fue aún mayor. Había algo humillante en este despojo, algo ofensivo, que privaba de su honor a la isba. Mejor habría sido que el stárosta se hubiera llevado la mesa, todos los bancos y pucheros, no parecería tan vacía la isba. La abuela lanzaba alaridos, Maria lloraba y las niñas mirándola también lloraban. El viejo, sintiéndose culpable, se hallaba sentado en un rincón, cabizbajo y en silencio. También callaba Nikolái. La abuela lo quería y se compadecía de su suerte, pero ahora se había olvidado de su compasión y se lanzó sobre él con toda clase de insultos e improperios plantándole los puños delante de la cara. Le gritaba que de él era toda la culpa: ¿por qué enviaba tan poco dinero cuando en sus cartas se vanagloriaba de recibir cincuenta rublos al mes en el Bazar Eslavo?

¿Para qué había venido y, por si fuera poco, se había traído la familia? Y si moría, ¿con qué dinero lo iban a enterrar? Daba lástima mirar a Nikolái, a Olga y a Sasha.

El viejo carraspeó, tomó el gorro y se dirigió a casa del stárosta. Ya oscurecía. Antip Sedélnikov estaba soldando algo junto a la estufa, hinchaba los carrillos al soplar; olía a quemado. Sus hijos, escuálidos y sin lavar, de no mejor aspecto que los nietos de Chikildéyev, jugaban sentados en el suelo. Su mujer, fea, pecosa, con un gran vientre, hilaba seda. Era una familia desgraciada y mísera, sólo Antip tenía aspecto joven y apuesto. En un banco, se alineaban cinco samovares. El viejo se santiguó ante el retrato de Battenberg y dijo:

—Antip, por Dios, ten piedad de nosotros, ¡devuélvenos el samovar! ¡Por Dios te lo pido!

—Tráeme tres rublos, entonces lo tendrás.

—¡Que no puedo, Antip!

Antip hinchaba los carrillos, el fuego crepitaba y silbaba iluminando los samovares. El viejo arrugó su gorro y dijo al cabo de un rato:

—¡Dámelo!

El moreno stárosta parecía ahora completamente negro y se asemejaba a un hechicero. Miró hacia donde se encontraba Ósip y pronunció con palabras severas y raudas:

—Que todo depende del jefe del zemstvo. En la reunión administrativa del veintiséis puedes presentar las razones de tu desacuerdo, ya sea en forma oral o sobre el papel.

Ósip no comprendió nada, pero satisfecho con lo oído se fue para casa.

Al cabo de unos diez días de nuevo vino el jefe de policía, permaneció una hora y volvió a partir. Eran días de viento y frío; hacía tiempo que el río se había helado, pero la nieve no llegaba y la gente andaba desesperada sin un camino practicable. En cierta ocasión, una tarde de fiesta, los vecinos visitaron a Ósip para pasar el rato y charlar. Hablaban entre penumbras ya que era pecado trabajar y no encendían los candiles. Había algunas novedades, pero bastante desagradables. Pues en dos o tres casas se habían llevado las gallinas por los impuestos atrasados. Las enviaron a la ciudad y allí murieron porque nadie les dio de comer. También se llevaron las ovejas y en el trayecto, como iban atadas y las cambiaban de carro en cada pueblo, una murió. Ahora discutían sobre quién tenía la culpa.

—¡El zemstvo! —decía Ósip—. ¿Quién va a ser?

—El zemstvo, claro.

El zemstvo tenía la culpa de todo: de las deudas, de los abusos y de las malas cosechas, aunque nadie sabía qué era eso del zemstvo. Todo comenzó en la época en que los campesinos ricos, que tenían fábricas, tiendas y fondas, después de haber sido vocales del zemstvo, quedaron descontentos y desde entonces se dedicaron a imprecar contra esta institución en sus fábricas y tabernas.

Hablaron de que Dios no mandaba nieve: había que traer leña, y, tal como estaban los caminos, no se podía ni andar ni viajar. Antes, unos quince o veinte años atrás, las conversaciones en Zhúkovo eran mucho más interesantes. Entonces cada viejo tenía un aire misterioso, como si guardara un secreto, como si supiera o esperara algo. Se hablaba del documento del sello de oro, de nuevos repartos de tierras, de tesoros escondidos, insinuaban algo misterioso. Pero ahora los habitantes de Zhúkovo no tenían secreto alguno; toda su vida aparecía como sobre la palma de la mano, todo estaba a la vista, y sólo podían conversar de las privaciones, del forraje, de que no había nieve...

Callaron. De nuevo recordaron el asunto de las gallinas y las ovejas y otra vez se pusieron a discutir de quién sería la culpa.

—¡Del zemstvo! —exclamó sombrío Ósip—. ¿De quién va a ser?

VIII

La iglesia parroquial se hallaba a más de seis kilómetros, en Kosogórov. Iban a ella sólo por necesidad cuando hacía falta bautizar, casar o enterrar a alguien; a rezar se dirigían a la iglesia de la otra orilla. En los días de fiesta, cuando hacía buen tiempo, las chicas se ponían sus galas e iban en grupo a misa. Daba gusto verlas cuando, con sus vestidos rojos, amarillos y verdes, marchaban por el prado. Cuando el tiempo no era bueno, se quedaban en casa. En los días de Cuaresma se confesaban en la iglesia parroquial. Y a aquéllos que por esos días faltaban al rito el pope les cobraba quince kopeks, pasando con una cruz por cada isba.

El viejo no creía en Dios porque casi nunca pensaba en él. Admitía que hubiera algo sobrenatural, pero pensaba que era un tema que atañía sólo a las mujeres. Cuando se hablaba con él de religión o de milagros y le hacían alguna pregunta, contestaba con desgana y rascándose el cogote:

—¡Cualquiera sabe!

La abuela creía, pero de manera algo oscura: todo se entremezclaba en su cabeza, y al momento de pensar en los pecados, la muerte o en la salvación del alma, asaltaban su mente las privaciones y los quehaceres y al instante se olvidaba de lo anterior. No recordaba las oraciones y de costumbre por las noches, cuando se acostaba, se colocaba ante las imágenes y susurraba:

—¡Virgen de Kazán, virgen de Smolensk, virgen de los Milagros...!

Maria y Fiokla se santiguaban y ayunaban cada año, pero no entendían nada. No enseñaban a rezar a sus hijos, nada les decían de Dios, no les inculcaban precepto alguno y tan sólo les hacían cumplir con el ayuno cuaresmal. En las demás familias pasaba prácticamente lo mismo: pocos eran los que creían o llegaban a comprender la religión. Pero, a su vez, todos adoraban las Sagradas Escrituras, las amaban con calor y veneración, pero no tenían libros ni había nadie que leyese o explicase los textos sagrados. Olga leía a veces los Evangelios, por lo cual todos la respetaban y la trataban a ella y a Sasha de usted.

En los días de fiesta Olga iba a menudo a las aldeas vecinas y a la ciudad en la que había dos monasterios y veintisiete iglesias. En esas ocasiones perdía el mundo de vista y cuando marchaba a los oficios religiosos, se olvidaba por completo de la familia. Sólo al regresar a casa parecía descubrir con alegría que tenía un marido y una hija. Entonces decía sonriendo:

—¡Dios me los ha enviado!

La vida de la aldea le parecía repugnante e insoportable. Se bebía por San Elías, por la Asunción, por la Exaltación de la Cruz. El día de la Intercesión era la fiesta de la parroquia de Zhúkovo y, para celebrarlo, los mujiks se pasaron tres días seguidos bebiendo; se gastaron cincuenta rublos del fondo comunal, después de lo cual pasaron por todas las casas recogiendo dinero para más vodka. El primer día, los Chikildéyev mataron un carnero que comieron por la mañana, al mediodía y por la tarde, comieron en cantidad; por la noche, los niños todavía se levantaban para comer más. Los tres días Kiriak anduvo borracho como una cuba, se lo gastó todo en bebida, hasta vendió el gorro y las botas. Y le daba tales palizas a Maria que tenían que tirarle baldes de agua a la mujer para que se recobrara. Y luego todos se sentían avergonzados y asqueados.

Pero en Zhúkovo, en esta Jolúyevka, se celebraba una auténtica fiesta religiosa. Esto sucedía en agosto, cuando por toda la comarca llevaban de pueblo en pueblo la virgen de los Milagros. El día en que la imagen tenía que llegar a Zhúkovo amaneció silencioso y nublado. Ya desde la mañana, las muchachas fueron a la iglesia ataviadas con hermosos vestidos de fiesta y llevaron el icono por la tarde, en procesión y entre cantos. Desde la otra orilla sonaban las campanas. Una inmensa muchedumbre de lugareños y forasteros inundó la calle: ruido, polvo y apretujones... El viejo, la abuela y Kiriak no cesaban de extender las manos hacia la imagen, hacia la que dirigían sus ojos ávidos diciendo entre sollozos:

—¡Madre protectora! ¡Madre protectora!

De pronto todos parecieron comprender que entre cielo y tierra no había un vacío, que no todo estaba en manos de los ricos y de los poderosos, que aún existía alguien que los defendiera contra las ofensas, la esclava servidumbre, la insoportable miseria y el terrible vodka.

—¡Madre protectora! —sollozaba Maria—. ¡Madre nuestra!

Pero concluyó la ceremonia, se llevaron el icono y todo fue como antes. De nuevo llegaron de la taberna las voces ebrias y las blasfemias.

Sólo los campesinos ricos temían a la muerte. Cuanto más ricos eran, menos creían en Dios y en la salvación de su alma. Y sólo por temor, al verse acabar su vida en la tierra, por si acaso, encendían velas a las imágenes e iban a misa. Los campesinos más pobres no temían a la muerte. En casa, al viejo y a la abuela les decían que ya habían vivido bastante, que ya era hora de morirse. Y ellos ni se inmutaban. No tenían vergüenza de decir a Fiokla, en presencia de Nikolái, que cuando éste muriera, a su marido Denís lo licenciarían del ejército. En cuanto a Maria, ésta no sólo no temía a la muerte, sino que lamentaba que tardara tanto en llegar. Se alegraba cuando se le moría un hijo.

No temían a la muerte, pero vivían la enfermedad con un pavor exagerado. Bastaba con la cosa más nimia —una indigestión o unos escalofríos— para que la abuela se acostara encima de la estufa y, tras cubrirse, se pusiera a dar voces y a gemir sin parar: «¡Me muero!». El viejo iba corriendo a por el pope y a la abuela le daban la comunión y la extremaunción. Era tema muy frecuente los constipados, las lombrices y ciertos bultos que rondaban por el estómago e iban a parar al corazón. Lo que más temían eran los resfriados y por eso hasta en verano se tapaban mucho y se calentaban sobre las estufas. A la abuela le gustaba ir a curarse y muy a menudo se iba al hospital donde decía tener cincuenta y ocho años y no setenta. Suponía que si el médico se enteraba de su verdadera edad, en lugar de atenderla, le diría que estaba en edad de morirse y no de curarse. Acostumbraba a marchar al hospital temprano por la mañana llevándose consigo a dos o tres chicas, y regresaba al atardecer, hambrienta y furiosa, con gotas para sus males y pomadas para las chicas. También fue un día con Nikolái, que luego se pasó unas dos semanas tomándose unas gotas y decía que se sentía mejor.

La abuela conocía a todos los médicos, practicantes y curanderos en treinta kilómetros a la redonda, pero ninguno era de su gusto. En la fiesta de la Intercesión, cuando el pope recorría las casas con la cruz, un diácono le dijo que en la ciudad, cerca de la prisión, vivía un viejo que había sido practicante en el ejército y que curaba muy bien. Le recomendó que se dirigiera a él y la abuela le hizo caso. Cuando cayó la primera nieve, marchó a la ciudad y se trajo al anciano. Era un vejete barbudo, un converso con larga levita y todo el rostro cubierto de venillas azuladas. Justo aquel día trabajaban en casa un viejo sastre con unas horribles gafas que intentaba coser un chaleco de algunos restos de ropa, y dos muchachos jóvenes que hacían botas de fieltro. También estaba en casa Kiriak que perdió su trabajo por borracho. Se hallaba sentado junto al sastre y arreglaba una collera. La isba estaba llena de gente, el aire era bochornoso y pestilente. El converso examinó a Nikolái y dijo que haría falta ponerle unas ventosas.

Mientras las ponía, el viejo sastre, Kiriak y las niñas miraban la operación y les parecía ver cómo la enfermedad salía de Nikolái. Y Nikolái también miraba cómo las ventosas, adhiriéndose al pecho, poco a poco se llenaban de sangre oscura y notaba cómo en efecto algo parecía salir de él. Sonreía de satisfacción.

—Eso es bueno —decía el sastre—. Dios quiera que sea para bien.

El converso aplicó doce ventosas y luego otra docena, se atiborró de té y se marchó. Nikolái empezó a temblar, el rostro se le hundió y como dicen las mujeres, se le encogió en un puño; los dedos se le tornaron azules. Lo taparon con una manta y con un abrigo de piel de cordero, pero cada vez tenía más frío. Al atardecer se sintió peor, pidió que lo acostaran en el suelo, rogó al sastre que dejara de fumar, después se serenó bajo el abrigo de piel y al amanecer murió.

IX

¡Oh, qué invierno más duro y largo!

Desde Navidad se quedaron sin grano propio, y había que comprar la harina. Kiriak, que vivía entonces en casa, por los atardeceres armaba escándalo sembrando el terror entre la familia, pero por las mañanas daba lástima verlo atormentado por el dolor de cabeza y la vergüenza. En el establo día y noche resonaban los mugidos de la vaca hambrienta que

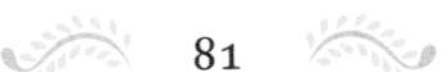

desgarraban el alma a la abuela y a Maria. Como a propósito, todo el tiempo los fríos eran fortísimos, cayeron montañas de nieve y el invierno se alargó. Por la Anunciación cayó una auténtica ventisca de invierno y por Pascua nevó.

Pero, de un modo o de otro, le llegó el fin al invierno. A principios de abril los días fueron templados y las noches frías. El invierno no parecía ceder, pero un día tibio venció los fríos y por fin corrieron los riachuelos y echaron a cantar los pájaros. Todo el prado y los arbustos de la orilla quedaron cubiertos por las aguas primaverales y entre Zhúkovo y la otra orilla se extendió una enorme corriente de agua sobre la cual aquí y allá se levantaban bandadas de patos salvajes. Las puestas de sol de primavera, llameantes sobre esponjosas nubes, ofrecían cada tarde un espectáculo inusitado, nuevo, inverosímil. Tenían justamente ese algo que uno no cree real al verlo plasmado con esos colores y esas mismas nubes en un cuadro.

Las grullas volaban a gran velocidad y lanzaban graznidos melancólicos, como si llamaran a partir con ellas. De pie, al borde del barranco, Olga miraba largo tiempo las aguas crecidas del río, el sol, la clara iglesia que parecía de nuevo joven, y le corrían las lágrimas, sentía su aliento entrecortado por el ardiente deseo de partir a alguna parte, a donde la llevara la mirada, aunque fuera al fin del mundo. Pero ya estaba decidido que volvería a Moscú, de criada; Kiriak iría con ella para colocarse de portero o de lo que fuera. ¡Había que irse, irse cuanto antes!

Cuando las aguas volvieron a sus cauces y cesaron los fríos, Olga y Sasha se dispusieron a partir. Ambas, el costal a la espalda, se pusieron en camino a las primeras luces. Maria salió para despedirlas. Kiriak estaba malo y se quedó en casa por una semana. Olga rezó por última vez en dirección a la iglesia recordando a su marido. Pero no lloró, sólo se le arrugó el rostro que adquirió una expresión desagradable como de vieja. Durante el invierno Olga había adelgazado, desmejorado, le salieron algunas canas, y ya en lugar de la anterior gracia y sonrisa agradable, en el rostro asomaba una expresión sumisa y triste por las penas sufridas y en la mirada había algo opaco, inmóvil, como si ya no oyera. Le daba pena separarse de la aldea y los campesinos. Se acordaba ahora de cómo llevaban el cadáver de Nikolái y en cada casa se detenían a rezar, y cómo todos lloraban ante el ataúd compartiendo su dolor. A lo largo del verano y el invierno hubo momentos y días en que parecía que esas gentes vivían peor que el ganado; daba miedo vivir con ellos. Eran groseros, deshonestos, sucios, borrachos; andaban enemistados, siempre riñendo porque no se respetaban, se temían y sospechaban el uno del otro.

¿Quién mantiene la taberna y emborracha a la gente? Un mujik. ¿Quién consume y gasta en bebida el dinero de la comunidad, de la escuela y de la iglesia? El mujik. ¿Quién roba a su vecino, le incendia la casa o declara en falso en un juicio por una botella de vodka? ¿Quién en las reuniones de una u otra institución es el primero en atacar a los mujiks? Otro mujik. Sí, era horrible vivir con ellos, pero de todos modos son hombres que sufren y lloran como los demás y no hay nada en su vida que no pueda encontrar justificación. El agobiante trabajo por el que de noche duele todo el cuerpo, los crudos inviernos, las cosechas escasas, las estrecheces, y no hay ayuda posible, como tampoco hay de dónde esperarla. Aquellos que son más ricos y fuertes, no pueden ayudarles porque también son groseros, deshonestos, borrachos y juran del mismo modo repugnante. El más ridículo de los funcionarios o de los capataces trata al mujik como a un vagabundo cualquiera, tutea a los jefes de la comunidad campesina o del consejo parroquial y se cree con derecho a ello. Pero ¿acaso puede venir alguna ayuda o tomarse ejemplo de personas codiciosas, avaras, pervertidas y perezosas que llegan a la aldea con el único fin de insultar, despojar o amedrentar? Olga recordó el aspecto lastimoso y humillado de los viejos cuando en invierno castigaron a Kiriak a ser azotado... Ahora sentía una dolorosa compasión por toda esta gente, y mientras seguía su camino iba volviendo la cabeza para mirar las isbas.

Después de acompañarlas unas tres verstas, Maria se despidió. Luego se hincó de rodillas y rompió en lamentos bajando el rostro hasta el suelo:

—¡Otra vez sola! ¡Pobre de mí! ¡Qué desdicha la mía!

Se oyeron largo rato sus lamentos, y por más tiempo aún Olga y Sasha vieron cómo de rodillas Maria se inclinaba hasta el suelo con las manos sobre la cabeza. Los grajos volaban sobre ella.

El sol estaba alto y empezó a hacer calor. Zhúkovo quedó lejos atrás. Era agradable andar. Olga y Sasha pronto olvidaron la aldea, a Maria; se sentían alegres, todo las distraía. De pronto una colina, o una hilera de postes de telégrafo que uno tras otro se alejaban no se sabe adónde, perdiéndose en el horizonte, los hilos zumbaban misteriosos. Allá a lo lejos se veía un caserío todo rodeado de verde, del que venía un aire húmedo con olor a cáñamo; por alguna extraña razón se podía pensar que allí vivía gente feliz. De pronto, la osamenta de un caballo que blanqueaba solitario en el campo. Trinaban incansables las alondras, daban el reclamo las codornices y el rascón gritaba como si alguien en efecto hiciera chirriar una vieja bisagra.

Al mediodía Olga y Sasha llegaron a una gran aldea. Allí, en una ancha calle, se encontraron con el cocinero del general Zhúkov. El viejecito tenía calor y su calva roja y sudorosa brillaba al sol. No se reconocieron al momento, después se cruzaron sus miradas, se acordaron el uno del otro y sin decir palabra siguieron cada uno su camino. Olga y la niña se detuvieron junto a la isba que les pareció más rica y nueva. La madre se inclinó ante las ventanas abiertas y entonó en voz alta, aguda y cantarina:

—Cristianos, gente de Dios, dennos una limosna, por Cristo... Por caridad de Dios, que descansen en paz vuestros difuntos, que en gloria estén...

—Cristianos, gente de Dios —entonó Sasha tras su madre—. Dennos una limosna, por Cristo nuestro Señor. Por caridad de Dios. Que en gloria estén...

EL HOMBRE ENFUNDADO

En el extremo mismo de la aldea de Mironósitskoye, en el pajar del alcalde Prokofi, se dispusieron a pasar la noche unos cazadores rezagados. Sólo eran dos: Iván Iványch, médico veterinario, y Burkin, profesor de instituto. Iván Iványch tenía un apellido compuesto bastante extraño —Chimshá-Himalaiski— que no le pegaba nada; por eses motivo en toda la provincia le llamaban simplemente por su nombre y patronímico. Vivía cerca de la ciudad en una remonta de caballos y había salido de caza para respirar un poco de aire puro. Al profesor Burkin los condes P. cada año lo invitaban a sus tierras; desde hacía tiempo era conocido por los alrededores.

No dormían. Iván Iványch, un viejo alto, huesudo, de largos bigotes, estaba sentado afuera, a la puerta, y fumaba su pipa a la luz de la luna. Burkin se había acostado dentro, sobre el heno, y no se le veía en la oscuridad.

Contaban historias. Entre otras cosas, hablaban de que Mavra, la mujer del alcalde, una persona sana y nada tonta, no se había movido en toda su vida de la aldea; nunca había visto la ciudad, ni tampoco el ferrocarril, se había pasado los últimos diez años junto a la estufa y sólo salía a la calle por las noches.

—¡Qué tiene de extraño! —dijo Burkin—. El mundo está lleno de gente solitaria, de personas que, como un cangrejo ermitaño o un caracol, se encierran en su cáscara. Puede que sea un fenómeno atávico, un retornar

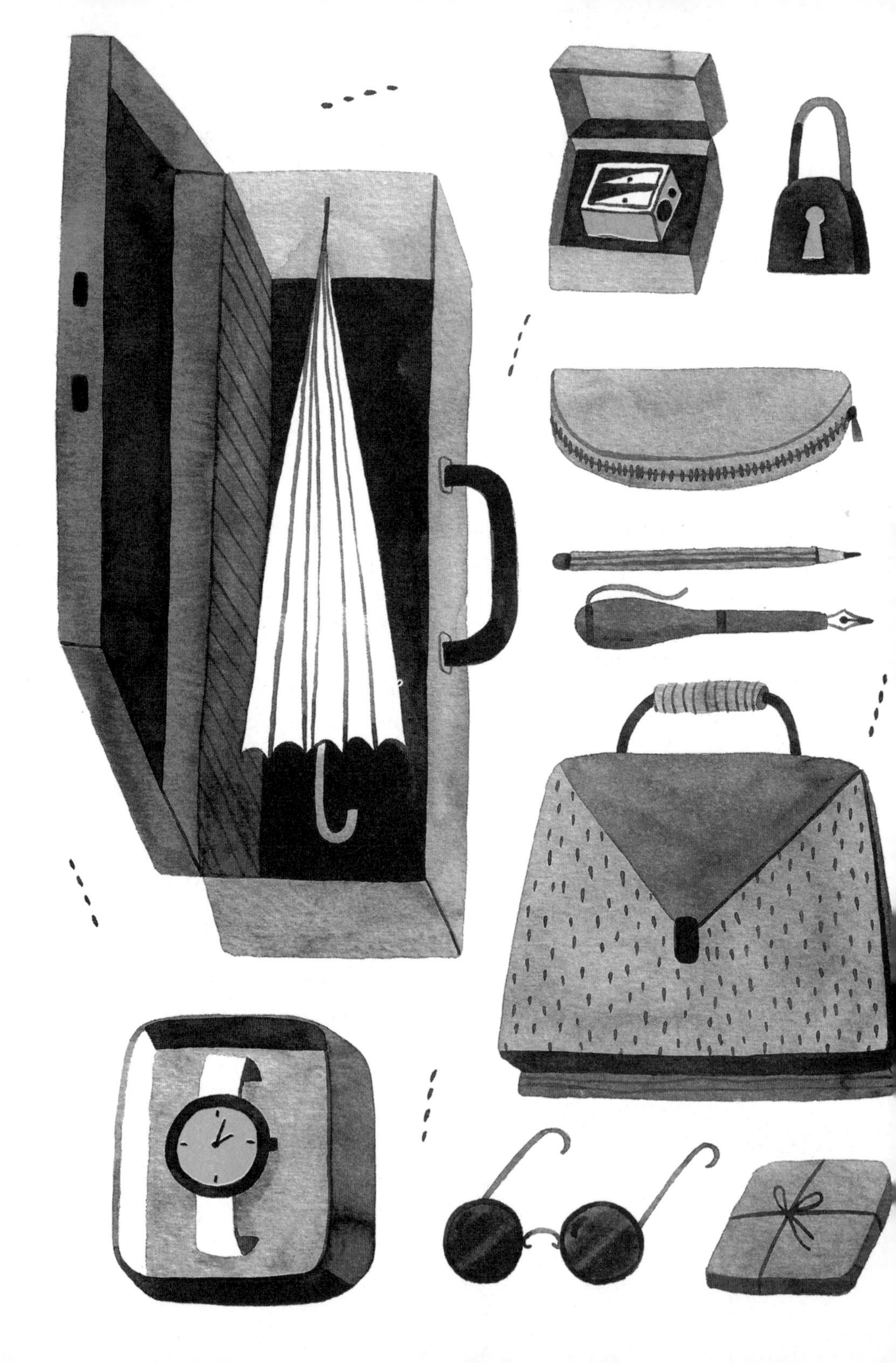

al tiempo en que el antepasado del hombre no era todavía un animal social y vivía solitario en su caverna. O tal vez sea una de las variedades del carácter humano, ¿quién sabe? Además, no soy naturalista, y estas cuestiones no son asunto mío; lo único que quiero decir es que personas como Mavra son bastante comunes. Mire, sin ir más lejos, en la ciudad hará unos dos meses murió un tal Bélikov, profesor de griego, colega mío. Habrá oído hablar de él, claro. Se le conocía porque, hasta con buen tiempo, siempre salía a la calle con chanclos y paraguas e infaliblemente con un abrigo de invierno. El paraguas lo llevaba enfundado, y el reloj, en una funda de gamuza gris, el cortaplumas que usaba para sacar punta al lápiz también lo tenía metido en un estuche... Hasta parecía que tuviera enfundada la cara porque siempre la escondía en el cuello levantado del abrigo. Llevaba gafas oscuras, chaqueta de lana, se tapaba los oídos con algodón, y cuando subía a un coche ordenaba al cochero que subiera la capota. En una palabra, se observaba en este individuo una tendencia constante e irrefrenable a rodearse de una envoltura, a crearse como si dijéramos una funda que lo aislara y protegiera de todo tipo de influencia externa. La realidad lo irritaba, lo asustaba, manteniéndolo en un continuo estado de alarma. Posiblemente para justificar su timidez y su aversión al presente, siempre elogiaba el pasado y todo lo que nunca ha existido. Hasta las lenguas antiguas que enseñaba eran en realidad para él esos mismos chanclos y paraguas con los que se guarecía de la realidad de la vida.

»—¡Oh, qué sonoro, qué maravilloso es el griego! —decía con expresión dulce, y, como para demostrar lo acertado de sus palabras, pronunciaba entornando los ojos y con un dedo levantado—: *¡Anthropos!*

»Tenía también la manía de guardar en fundas sus ideas. Sólo le parecían claros las circulares y los artículos periodísticos en los que se prohibiera algo. Cuando en una circular se prohibía a los alumnos salir a la calle después de las nueve de la noche, o en un artículo se condenaba el amor carnal, para él la cosa estaba clara: prohibido y basta. En cambio, en toda autorización veía siempre algo dudoso, algo que le parecía como inacabado y confuso. Cuando en la ciudad se concedía permiso para organizar un círculo dramático, o poner una sala de lectura o de té, él meneaba la cabeza y decía por lo bajo:

»—Bueno, qué le vamos a hacer; todo eso está muy bien, pero no vaya a ser que pase algo.

»Todo lo que transgrediera, desviara o alterara las normas lo sumía en un profundo estado de postración, aunque bien pudiera pensarse que aquello no era asunto suyo. Si alguno de sus compañeros llegaba tarde a misa, o si se enteraba de alguna trastada de los alumnos o de que se había visto a una maestra con un oficial ya entrada la noche, Bélikov se alarmaba muchísimo y no paraba de repetir: "No vaya a ser que pase algo".

»En los consejos de profesores sencillamente nos abrumaba con sus precauciones, recelos y consideraciones realmente enfundadas, como por ejemplo: que si en el instituto de los chicos o en el de las chicas los alumnos se portaban mal, que si hacían mucho ruido en las clases y —¡oh!, no vaya a ser que esto llegue a la dirección, ¡oh!, no vaya a ser que pase algo—, que si se expulsara a Petrov de la segunda clase y a Yegórov de la cuarta todo iría mucho mejor. Bueno, ¿y qué cree? Pues que, con sus suspiros y gemidos, con sus gafas oscuras sobre ese rostro pálido y diminuto —una cara pequeña, ¿sabe?, como de hurón—, podía con todos nosotros. Cedíamos ante él. Primero a Petrov y Yegórov les bajábamos la nota en conducta, después los castigábamos y, finalmente, los expulsábamos de la escuela.

»Tenía una extraña costumbre, que era venir a nuestras casas. Llegaba a casa de un profesor, se sentaba y permanecía callado, como husmeando. Se quedaba así una hora o dos en silencio y luego se marchaba. A eso lo llamaba "mantener buenas relaciones con los compañeros"; al parecer, le costaba un gran esfuerzo venir a vernos, y sin embargo lo hacía porque consideraba que era su deber de compañero.

»Nosotros, los profesores, le teníamos miedo. Hasta el director lo temía. Mire, todos nuestros profesores son personas instruidas, correctísimas, educadas en Turguénev y Schedrín; pues, bien, ¡durante quince años este personajillo siempre con chanclos y paraguas tuvo en un puño a todo el instituto! Pero ¡qué digo, el instituto! ¡A toda la ciudad! Nuestras damas dejaron de organizar espectáculos los sábados en sus casas, pues tenían miedo de que él se enterara; los popes se avergonzaban ante él por comer carne en Cuaresma, o de jugar a las cartas. En los últimos diez o quince años, en nuestra ciudad, por culpa de individuos como Bélikov, la gente empezó a tener miedo de todo. Miedo de hablar en voz alta, enviar cartas, conocer nueva gente, leer libros, miedo de ayudar a los pobres, de enseñarles a leer y escribir...

Iván Iványch carraspeó como queriendo decir algo, pero primero encendió la pipa, miró la luna y ya después dijo en tono pausado:

—Sí, dice usted, gente que piensa, personas correctas que han leído a Schedrín, a Turguénev y a todos esos Buckle, y, sin embargo, mira por dónde, se plegaron a su voluntad, tuvieron que soportarlo... Ésta es la cosa.

—Bélikov vivía en el edificio en que vivo yo —prosiguió Burkin—, en el mismo piso; su puerta estaba frente a la mía. Nos veíamos a menudo y yo conocía su vida de casa. En el piso se repetía la misma historia: la bata, el gorro de dormir, los postigos, el cerrojo y toda una sucesión de prohibiciones y restricciones y «¡oh!, no vaya a ser que pase algo».

»La comida de vigilia no es buena para la salud y la carne no se puede comer, porque entonces a lo mejor algunos dirán que Bélikov no cumple con las vigilias; bueno, pues entonces comía pescado con grasa de vaca: no era una comida de vigilia, aunque tampoco se podía decir que fuera de ayuno.

»No tenía sirvienta; le aterrorizaba la idea de que pensaran algo malo. Tenía un cocinero, Afanasi, un viejo de unos sesenta años, borracho y medio loco, que un tiempo sirvió de ordenanza y sabía algo de guisar. Este Afanasi se encontraba normalmente junto a la puerta con las manos cruzadas y siempre farfullaba lo mismo entre profundos suspiros:

»—¡No sé de dónde han salido tantos!

»El dormitorio de Bélikov era pequeño, igual que un cajón, y la cama tenía cortinas. Al irse a dormir se tapaba hasta la cabeza; hacía calor, mucho calor, el viento golpeaba en las puertas cerradas, crepitaba la estufa, se oían suspiros en la cocina, unos suspiros espeluznantes...

»Bajo la manta, Bélikov tenía miedo. Tenía miedo de que pasara algo, de que lo degollara Afanasi, de que entraran ladrones, y luego durante toda la noche le asaltaban las pesadillas.

»Por la mañana, cuando íbamos al trabajo, tenía un rostro triste, pálido, y se veía por su expresión que el instituto, aquel enjambre de gente al que nos dirigíamos, infundía en todo su ser un sentimiento de temor y repugnancia. Incluso marchar a mi lado, para él, que era un solitario por naturaleza, le resultaba difícil de soportar.

»—¡Cuánto ruido hay en nuestras clases! —decía, al parecer, esforzándose por encontrar una explicación a sus lúgubres sentimientos—. Parece mentira.

»Y este profesor de griego, este hombre enfundado, imagínese, casi se casa.

Iván Iványch lanzó una mirada rauda hacia el pajar y dijo:

—¿Bromea?

—Pues sí, por extraño que le parezca, casi se casa. La cosa fue así.

»Un día nos enviaron a un nuevo profesor de historia y geografía, un tal Kovalenko, Mijaíl Sávvich, ucraniano. Kovalenko no llegó solo; se trajo a su hermana, Várenka[6] se llamaba. Él era un joven alto, moreno, con unas manos enormes; por su rostro se veía que tenía voz de bajo y, efectivamente, la tenía, y parecía que le saliera como de un tonel vacío: bu-bu-bu... Ella ya no era joven, tendría unos treinta años, pero también era alta, esbelta, de cejas negras y mejillas sonrosadas; en resumen, era hermosa, y tan desenvuelta y bulliciosa que se pasaba todo el día cantando canciones ucranianas y riendo... Se reía por cualquier cosa y con una voz sonora: ¡ja, ja, ja!

»Recuerdo que el primer contacto formal con los Kovalenko se produjo durante la onomástica del director. Entre pedagogos taciturnos, tan tensos y aburridos que incluso a las fiestas onomásticas van por obligación, de repente vimos que entre la espuma surgía una nueva Afrodita: andaba orgullosa, reía, se ponía a cantar o a bailar... Nos cantó con gran sentimiento "Soplan vientos", y después otra y otra romanza. Nos maravilló a todos, a todos, incluso a Bélikov. En un momento, éste se sentó a su lado y, sonriendo dulcemente, dijo:

»—El ucraniano, con su suavidad y su sonido tan agradable, se parece al griego antiguo.

6 Várenka, diminutivo de Varvara.

»Ella se sintió halagada y se puso a explicarle con expresión convencida y apasionada que en el distrito de Gadiach tenía una finca, y que en la finca vivía su mamaíta. ¡Y crecían allí unas peras, unos melones y unos calabacines! Los ucranianos llaman calabacines a las calabazas, y a los calabacines, shinki, y hacen borsch con shinki, con rojitos, con azulitos[7]... "¡Y sale un borsch tan rico, tan rico que da miedo!".

»Estábamos escuchando su parloteo cuando, de repente, a todos nos vino la misma idea a la cabeza.

»—No estaría mal casarlos —me dijo en voz baja la mujer del director.

»No sé por qué, pero todos descubrimos que nuestro Bélikov no estaba casado, y nos pareció raro que hasta entonces no lo hubiéramos notado, que hubiéramos dejado totalmente de lado este detalle tan importante. ¿Cuál era, en general, su actitud hacia las mujeres, cómo se resolvía en el caso de Bélikov esta cuestión? Antes, todo esto no nos interesaba nada; seguramente, ni se nos había pasado por la cabeza que una persona que, haga el tiempo que haga, lleva chanclos y duerme bajo una cortina pudiera amar a alguien.

»—Hace tiempo que ya ha pasado de los cuarenta, y ella tiene treinta... —aclaró su idea la mujer del director—. La chica me parece que aceptaría.

»¡Qué no se llega a hacer por aburrimiento aquí en provincias, cuántas cosas inútiles, cuántas estupideces! Y estas cosas ocurren por la sencilla razón de que no se hace nada de lo que se debe. Por ejemplo, ¿por qué, de pronto, se nos metió entre ceja y ceja la idea de casar a Bélikov, un hombre al que ni siquiera era posible imaginar casado? La mujer del director, la del inspector y todas nuestras damas del instituto se sintieron revivir y hasta mejoraron de aspecto. Como si de improviso hubieran encontrado un objetivo en la vida.

»La esposa del director alquila un palco, ¿y a quién vemos a su lado? A Várenka con su abanico, radiante y feliz, y junto a ella a Bélikov, pequeño, encogido, como si lo hubieran arrancado con tenazas de su casa. Yo organizo una fiesta y las damas me piden que invite sin falta a Bélikov y a Várenka. En una palabra, la bola echó a rodar.

---

7 Borsch: sopa de verduras. «Rojitos» y «azulitos»: versión literal del nombre popular ucraniano que se da a los pimientos (rojos) y a las berenjenas.

»Resultó que Várenka no tenía nada en contra del matrimonio. Su vida con el hermano no era demasiado alegre. Se pasaban días enteros discutiendo y peleándose. Por ejemplo: va Kovalenko por la calle, alto, fuerte como una mole, lleva una camisa bordada y el flequillo salido de la gorra cayéndole sobre la frente: en una mano un paquete de libros y en la otra un palo gordo y nudoso. Tras él va su hermana que también lleva unos libros.

»—¡Pero, Mijáilik, si tú no lo has leído! —comenta ella en voz alta—. ¡Si te lo digo, te lo juro, tú no has leído nada de esto!

»—¡Y yo te digo que sí lo he leído! —grita Kovalenko haciendo retumbar su bastón contra el empedrado.

»—¡Pero, por Dios, Mínchik! ¿Por qué te enfadas? Si es una cuestión de principios.

»—¡Y yo te digo que lo he leído! —grita aún más fuerte Kovalenko.

»Y, en casa, bastaba que hubiera algún extraño para que se organizase una bronca. Este tipo de vida seguro que la aburría ya, y deseaba tener su propio rincón; además, hay que tener en cuenta la edad: a sus años ya no hay mucho que elegir, te casas con cualquiera, hasta con un profesor de griego. También hay que tener en cuenta que para la mayoría de nuestras señoritas lo importante no era con quién casarse sino propiamente el matrimonio. En cualquier caso, Várenka empezó a mostrar un evidente interés por nuestro Bélikov.

»¿Y el interesado? Pues también iba a ver a Kovalenko, igual que a nosotros. Llegaba a su casa, se sentaba y no decía nada. Él permanecía mudo, Várenka cantaba "Soplan vientos" y lo miraba con sus ojos oscuros y pensativos, o de pronto se echaba a reír:

»—¡Ja, ja, ja!

»En los asuntos de amor, y particularmente en el matrimonio, la sugestión desempeña un papel importante. Todos los compañeros, incluidas las señoras, empezaron a convencer a Bélikov de que debía casarse, de que en la vida ya no le quedaba otra cosa que hacer que casarse. Todos lo felicitábamos, decíamos con cara de importancia las mayores necedades, como por ejemplo que el matrimonio es un paso serio; además, que Várenka no tenía mal aspecto, era una chica interesante, hija de un consejero de Estado, propietaria de una hacienda, y lo importante es que ella había sido la primera mujer que lo había tratado con cariño y afecto. Así que a Bélikov le empezó a dar vueltas la cabeza hasta decidir que, de verdad, tenía que casarse.

—Y entonces ustedes, a quitarle los chanclos y el paraguas —murmuró Iván Iványch.

—Pues, imagínese, resultó imposible. Bélikov colocó sobre su mesa el retrato de Várenka, y empezó a visitarme continuamente; me hablaba de Várenka, de la vida de familia, de que el matrimonio era un paso serio. Iba con frecuencia a casa de los Kovalenko, pero no cambió en absoluto su estilo de vida. Más bien al contrario, la decisión de contraer matrimonio le afectó de manera casi enfermiza: adelgazó, se volvió más pálido, parecía como si se hubiese hundido aún más en su funda.

»—Varvara Sávvishna me agrada —me decía con una sonrisa débil y torcida—, y yo sé que toda persona debe casarse, pero... todo esto, ¿sabe?, ha sido... no sé, tan de repente... Hay que pensarlo.

»—¿Qué es lo que tiene que pensar? —replicaba yo—. Cásese y ya está.

»—No, eso del matrimonio es un paso serio. Primero hay que sopesarlo todo, las obligaciones futuras, la responsabilidad..., no vaya a ser que pase algo. No sabe cuánto me preocupa todo esto; no puedo conciliar el sueño en toda la noche. Y, tengo que reconocerlo, siento miedo: ella y su hermano tienen una forma tan rara de pensar. Razonan, ¿sabe?, de manera extraña, y ella tiene un carácter muy fuerte. Te casas y luego, Dios no lo quiera, te metes en un lío.

»No se atrevía a declararse; siempre lo iba dejando, para desgracia y desesperación de la mujer del director y de todas nuestras damas. Seguía sopesando sus futuras obligaciones, sus responsabilidades, y entre tanto casi cada día paseaba con Várenka; a lo mejor pensaba que en su situación eso era lo apropiado. También venía a verme, a charlar de la vida de familia.

»Y es muy posible, casi seguro, que al final le hubiera pedido la mano; se hubiera realizado uno de esos matrimonios inútiles y estúpidos que se dan entre nosotros por aburrimiento e indolencia; eso hubiera podido suceder, si un día no se hubiera producido un *Kolossalische Scandal*. Hay que decir que el hermano de Várenka, Kovalenko, desde el primer momento no pudo tragar a Bélikov, y continuó odiándolo.

»—No lo comprendo —nos decía encogiéndose de hombros—, no entiendo cómo pueden ustedes digerir a este delator, a ese individuo nauseabundo. ¡Y me pregunto, señores, ¿cómo pueden vivir aquí?! La atmósfera que respiran es sofocante, huele a podrido. ¿Se creen ustedes pedagogos, profesores? Pues son unas ratas de colegio; esto no es un "templo de la ciencia", sino un hediondo nido de beatas, echa una peste agria como en una garita policial. No, señores míos; viviré otro poco con ustedes y después me marcho a la aldea, me dedicaré a pescar cangrejos y a enseñar a los chavales del pueblo. Yo me marcho y vosotros podéis quedaros con vuestro Judas, ¡mal rayo le parta!

»En otras ocasiones se echaba a reír; reía y reía con su voz de bajo o también con una risita fina, como de pito, y me preguntaba abriendo los brazos:

»—Pero ¿qué hace este tipo sentado en mi casa? ¿Qué quiere, maldita sea? Se sienta y se me queda ahí mirando.

»Hasta le puso a Bélikov un mote: "Tragarañas". Nosotros, claro, evitábamos hablar con él de que su hermana Várenka se iba a casar con aquel "tragarañas". Cuando una vez la mujer del director le insinuó que no estaría mal que su hermana se casara con una persona tan seria y respetada por todos como Bélikov, Kovalenko frunció el ceño y dijo entre dientes:

»—No es cosa mía. Como si se casa con una culebra. No me gusta meterme en la vida de los demás.

»Y ahora escuche lo que pasó después. No sé qué gracioso dibujó una caricatura en la que se veía a Bélikov en chanclos, con los pantalones arremangados y bajo un paraguas, y junto a él a Várenka; debajo decía: "*Anthropos* enamorado". La expresión estaba bien captada, ¿sabe?, algo asombroso. Por lo que se ve, el dibujante se pasó más de una noche en blanco, porque todo el mundo, todos los profesores del instituto femenino y los del masculino, los profesores del seminario y hasta los oficinistas, recibieron su ejemplar. Bélikov también lo recibió y la caricatura le produjo una profunda impresión.

»Aquel día salimos juntos de casa —era precisamente el primero de mayo, un domingo, y todos, profesores y alumnos, acordamos reunirnos

ante el instituto para ir después a las afueras de la ciudad, al bosque—; bueno, salimos, y él estaba verde, más tenebroso que una nube de tormenta.

»—¡Qué malvada y perversa es la gente! —dijo, y le temblaron los labios.

»Hasta me dio lástima. Íbamos andando cuando de pronto, figúrese, pasa Kovalenko montado en bicicleta y tras él Várenka, también en bicicleta, roja, sofocada, pero alegre y feliz.

»—¡Nosotros vamos por delante! —nos gritó ella—. Qué tiempo tan bueno hace ya; tan bueno que da miedo.

»Y ambos desaparecieron. Bélikov pasó del verde a la palidez más mortal; parecía petrificado. Se paró y me miró...

»—Pero, óigame, ¿qué es esto? —preguntó—. ¿O es que me engañan mis ojos? ¿No me dirá usted que es decente que los profesores y las mujeres anden en bicicleta?

»—¿Qué tiene de malo? —dije—. Que les aproveche el paseo.

»—Pero ¿cómo? —gritó asombrado ante mi calma—. ¡Pero ¿qué dice?!

»Se quedó tan estupefacto que no quiso continuar y se volvió a casa.

»Al día siguiente no paraba de frotarse las manos y temblar. Por la expresión de su cara, se veía que no se encontraba bien. Hasta se vio obligado a dejar las clases, cosa que le ocurría por primera vez en su vida. No almorzó. Y al atardecer, a pesar de que en la calle hacía un tiempo completamente veraniego, se abrigó más que de costumbre y se dirigió con paso lento a casa de los Kovalenko. Várenka no estaba en casa. Sólo encontró a Kovalenko.

»—Siéntese, se lo ruego —se dirigió a él Kovalenko en tono frío y frunció el ceño: tenía un aspecto soñoliento, acababa de levantarse de la siesta y estaba de un humor pésimo.

»Bélikov se mantuvo unos diez minutos en silencio, pero después dijo:

»—He venido a verle para aligerar mi espíritu de una pesada carga. Me encuentro mal, muy mal. No sé qué libelista ha hecho un dibujo ridículo de mí y de otra persona muy querida por ambos. Por ello, me veo obligado a asegurarle que nada tengo que ver con todo eso... Yo no he dado motivo alguno para una burla como ésa; más bien todo lo contrario, siempre me he comportado como un hombre del todo honesto.

»Kovalenko, sentado, con cara abotargada y seria, no decía nada. Bélikov esperó un poco y prosiguió en voz baja y triste:

»—Y tengo que decirle una cosa más. Ya hace tiempo que ocupo esta plaza de profesor, mientras que usted tan sólo acaba de empezar; por ello, como compañero suyo de más edad, me veo obligado a prevenirle. Usted se dedica a pasear en bicicleta, lo cual es absolutamente indecoroso para un educador de la juventud.

»—¿Y por qué? —preguntó Kovalenko con voz profunda.

»—Pero ¿es que hay algo que aclarar, Mijaíl Sávvich? ¿Acaso no lo entiende? Si un profesor se pasea en bicicleta, ¿qué es lo que les queda por hacer a los alumnos? ¡Sólo andar cabeza abajo! Además, si no hay una circular que lo permita, pues no se puede hacer. ¡Ayer me quedé horrorizado! Cuando vi a su querida hermana se me nubló la vista. Una mujer, o una señorita, en bicicleta, ¡es horrible!

»—Vamos a ver; en realidad, ¿qué es lo que quiere?

»—Quiero tan sólo una cosa: prevenirle a usted, Mijaíl Sávvich. Es usted tan joven, tiene todo el futuro por delante y debe comportarse con mucho, mucho cuidado. En cambio, ¡comete usted tantas faltas, oh, tantas faltas! Todo el tiempo anda usted por la calle con una camisa bordada, con todos esos libros, y ahora además en bicicleta. La noticia de que usted y su hermana se pasean en bicicleta llegará a oídos del director, después a oídos del inspector... ¿Y qué saldrá de bueno de todo eso?

»—¡El que yo y mi hermana andemos en bicicleta no ha de importarle a nadie! —dijo Kovalenko, y su rostro enrojeció—. Y a quien se meta en mis asuntos privados y familiares lo enviaré a todos los diablos.

»Bélikov palideció y se puso de pie.

»—Si me habla en ese tono, no puedo quedarme aquí ni un momento más. Y le ruego que en mi presencia no se exprese de este modo refiriéndose a los superiores. Debe usted tratar con más respeto a la autoridad.

»—¿Acaso he dicho algo inconveniente de las autoridades? —preguntó Kovalenko a Bélikov mirándole con odio—. Por favor, déjeme en paz. Yo soy una persona honesta y con un señor como usted no tengo ningún deseo de hablar. No me gustan los delatores.

»Bélikov, nervioso, agitado, comenzó a vestirse presuroso, con una expresión de horror en el rostro. Era la primera vez en la vida en que alguien se dirigía a él con tanta grosería.

»—Puede usted decir lo que le plazca —dijo saliendo de la entrada al rellano de la escalera—. Tan sólo quiero prevenirle de una cosa: es posible que alguien nos haya oído, y para que nuestra conversación no se tergiverse —no vaya a ser que pase algo—, me veré obligado a informar de su contenido al señor director. Me veo obligado a ello.

»—¿Informar? ¡Pues vete a informar!

»Kovalenko lo agarró por el cuello y le empujó. Y Bélikov echó a rodar escaleras abajo entre el estruendo de sus chanclos. A pesar de que la escalera era alta y empinada, Bélikov llegó felizmente abajo; se levantó y se palpó la nariz para comprobar si sus gafas estaban enteras. Pero, por desgracia, en el momento justo en que rodaba por la escalera llegó Várenka con dos damas más. Allí estaban las tres mirando, y para Bélikov esto fue lo más horroroso de todo. Hubiera preferido romperse el cuello o las dos piernas antes de ser el hazmerreír de todos: "Ahora se enterará toda la ciudad, llegará a oídos del director, del inspector y —¡ah, no vaya a ser que pase algo!—, dibujarán otra caricatura y la cosa acabará en que me obligarán a pedir la renuncia...".

»Cuando se levantó, Várenka se dio cuenta de quién era y, mirando su cara cómica, su abrigo arrugado, los chanclos, sin entender qué había pasado y creyendo que se había caído sin querer, no se pudo aguantar y estalló en una risa que retumbó por toda la casa:

»—¡Ja, ja, ja!

»Y bien, con este carcajeante y alegre "ja, ja, ja" se acabó todo: tanto la boda como el tránsito de Bélikov por este mundo. Éste ya no oía lo que Várenka le decía, no veía nada. Al volver a su casa lo primero que hizo fue retirar el retrato de la mesa, se metió en la cama y ya no volvió a levantarse.

»Al cabo de unos tres días vino a verme Afanasi para preguntarme si debía llamar al médico, pues al señorito le pasaba algo. Fui a ver a Bélikov. Estaba acostado tras las cortinas, tapado con una manta, y callaba: le preguntaba algo y él sólo decía o sí o no, no emitía ni un sonido más. Estaba allí en la cama, y junto a él deambulaba Afanasi con aire tenebroso y hosco, entre profundos suspiros; hedía a vodka como de un tonel.

»Al cabo de un mes Bélikov murió. Todos fuimos a su entierro, o sea los dos institutos y el seminario. En aquellos momentos, cuando se encontraba en el ataúd, tenía una expresión dulce, agradable, hasta alegre, como si estuviera contento, satisfecho de que por fin lo hubieran metido en el estuche del cual ya nunca más saldría. ¡Sí, había alcanzado su ideal!

»Como a propósito, el día del entierro amaneció, en su honor, nublado, lluvioso, y todos llevábamos chanclos y paraguas. También Várenka fue al entierro y lloró un poco cuando bajaban el ataúd a la fosa. He notado que las ucranianas o lloran o ríen a carcajadas; no tienen un término medio.

»He de reconocer que causa gran satisfacción enterrar a individuos como Bélikov. Cuando volvíamos del cementerio todos teníamos una expresión discreta y sombría; nadie quería mostrar este sentimiento de satisfacción, un sentimiento parecido al que habíamos experimentado hacía mucho, mucho tiempo, cuando aún siendo niños, los mayores se marchaban de casa y nosotros corríamos por el jardín horas y horas disfrutando de la más completa libertad. ¡Ah, libertad, libertad! Incluso pronunciar su nombre, hasta la débil esperanza de que pueda existir nos da nuevos ánimos, ¿no es cierto?

»Volvimos del cementerio con buen humor. Pero no llegó a pasar más de una semana y la vida empezó a transcurrir igual que antes, la misma vida dura, agotadora y absurda, no prohibida por alguna circular pero tampoco permitida del todo; las cosas no fueron mejor. Enterramos a Bélikov, sí, pero ¡cuántos hombres enfundados como él quedan todavía, cuántos vendrán!

—Ahí, ahí está la cosa —comentó Iván Iványch, y dio lumbre a la pipa.

—¡Cuántos vendrán! —repitió Burkin.

El profesor salió del cobertizo. Era un hombre de baja estatura, gordo, completamente calvo y con una barba negra que casi le llegaba a la cintura; tras él salieron dos perros.

—¡Qué luna, ¿eh?, qué luna! —dijo mirando a lo alto.

Ya era medianoche. A la derecha se veía toda la aldea. La larga calle se extendía a lo lejos unas cinco verstas. Todo se hallaba sumido en un sueño silencioso y profundo; ni un movimiento, ni un sonido; era hasta difícil creer que en la naturaleza pudiera haber tanto silencio. Cuando en una noche de luna se ve la ancha calle de un pueblo con sus isbas, sus almiares, sus sauces dormidos, se siente en el alma una sensación de paz, y en esta paz, a cubierto de las sombras nocturnas de los trabajos, los desvelos y el dolor, las noche se vuelve dulce, triste, maravillosa, y parece que las estrellas la miran con amor y ternura, que la maldad ya no existe en la tierra, y todo es perfecto. A la izquierda, al acabar la aldea, empezaba el campo; se veía lejos, hasta el horizonte, y a todo lo ancho de este campo cubierto de luz lunar tampoco se percibía ni un movimiento, ni un sonido.

—Ahí, ahí está la cosa —volvió a decir Iván Iványch—. ¿O es que el hecho de que vivamos en la ciudad, ahogados, apretujados, de que escribamos papeles inútiles y juguemos a las cartas, todo eso no es un estuche?

¿Y que nos pasemos toda nuestra vida entre zánganos, picapleitos y mujeres estúpidas y ociosas, que digamos y escuchemos sandeces, todo eso no es un estuche? Mire, si quiere, le contaré una historia muy instructiva.

—No, ya es hora de dormir —dijo Burkin—. Hasta mañana.

Entraron ambos en el cobertizo y se acostaron en el heno. Ya se habían abrigado y comenzaban a dormirse cuando de repente se oyeron unos pasos ligeros: top, top... No lejos del pajar andaba alguien; caminaba un poco y se paraba. Al cabo de un minuto, de nuevo: top, top... Los perros gruñeron.

—Es Mavra —comentó Burkin. Los pasos se apagaron.

—Ver y oír cómo mienten —dijo Iván Iványch dándose la vuelta al otro costado—, cómo a uno mismo lo llaman imbécil por soportar esas mentiras; aguantar insultos, humillaciones, no atreverse a decir a la cara que estás de parte de los hombres honrados y libres; mentir tú mismo, sonreír, y todo ello por un pedazo de pan, por un rincón bajo techo, o por culpa de cualquier empleadillo que tenga un pelo de autoridad y que no vale un céntimo; ¡no, así no se puede vivir!

—Bueno, esto ya es de otra ópera —dijo el profesor—. Vamos a dormir.

Al cabo de unos diez minutos Burkin dormía. Pero Iván Iványch seguía dando vueltas entre suspiros de un costado a otro. Al rato se levantó, salió de nuevo afuera y, sentándose junto a la puerta, encendió su pipa.

LA DAMA DEL PERRITO

I

Decían que por el paseo marítimo había aparecido una cara nueva: una dama con un perrito. Dmitri Dmítrievich Gúrov, que llevaba en Yalta dos semanas y ya se había hecho al lugar, también empezó a interesarse por las caras nuevas. Sentado en la terraza del Vernet, vio avanzar por el paseo a una señora joven, una rubia de mediana estatura, con boina; tras ella corría un lulú blanco.

Más tarde se la encontró varias veces en el parque de la ciudad y en la glorieta. Paseaba sola, siempre con la misma boina y el lulú blanco. Nadie sabía quién era y la llamaban simplemente la dama del perrito.

«Si está sin el marido y no tiene conocidos —se imaginaba Gúrov—, no estaría de más conocerla.»

Gúrov no había llegado aún a los cuarenta, pero tenía ya una hija de doce años y dos chicos en el liceo. Lo habían casado pronto, cuando todavía era estudiante de segundo curso, y ahora su esposa parecía mucho mayor que él. Era una mujer alta, de cejas oscuras, tiesa, arrogante, grave y, como ella decía, una persona con ideas. Leía mucho y escribía las cartas con ortografía moderna, no llamaba a su marido Dmitri, sino Dimitri, y éste en el fondo la consideraba poco inteligente, estrecha de miras y nada exquisita; le temía y no le gustaba estar en casa. Le era infiel desde hacía tiempo, la engañaba a menudo, y, tal vez por eso, casi siempre hablaba mal de las mujeres; cuando se referían a ellas en su presencia, siempre decía lo mismo:

—¡Una raza inferior!

Le parecía que su dilatada y amarga experiencia le daba derecho a llamarlas como se le ocurriera, y no obstante sin aquella «raza inferior» no habría podido vivir ni dos días. En compañía de los hombres se aburría, se encontraba raro, se mantenía taciturno y frío, pero cuando se hallaba entre mujeres, se sentía libre y sabía de qué hablar y cómo comportarse; con ellas le resultaba fácil incluso mantenerse en silencio. En su aspecto, en su carácter y en toda su manera de ser había algo sugestivo e imperceptible que predisponía favorablemente a las mujeres, que las atraía; él lo sabía, y también en él vivía una fuerza que le empujaba hacia ellas.

La experiencia, repetida y, en efecto, amarga, hacía tiempo que le había enseñado que cualquier acercamiento, si al principio rompe tan dulcemente la monotonía de la vida y se presenta como una deliciosa y ligera aventura, para la gente decente y en especial para los moscovitas, lentos de reflejos e indecisos, inevitablemente se convierte en todo un problema, en algo extremadamente complicado, y a fin de cuentas la situación se hace insoportable. Pero en cada nuevo encuentro con una mujer interesante, esta conclusión parecía desvanecerse de su memoria, sentía nuevas ganas de vivir, y todo parecía tan sencillo y tan divertido.

De modo que, un atardecer que Gúrov comía en el parque, la dama de la boina se acercó lentamente con la intención de ocupar la mesa vecina. Su expresión, los andares, el vestido, el peinado le decían que la mujer pertenecía a un ambiente respetable, que estaba casada, que en Yalta estaba la primera vez y sola, y que se aburría... En las historias sobre las costumbres licenciosas del lugar había mucho de falso, Gúrov despreciaba estos rumores y sabía bien que, en la mayoría de los casos, los inventaban las personas que, si supieran cómo hacerlo, pecarían muy a gusto; pero cuando la dama se sentó en la mesa vecina, a tres pasos de él, recordó todas esas historias sobre las victorias fáciles, las excursiones a la montaña, y, de pronto, se sintió dominado por la tentadora idea de una aventura rápida y fugaz, de un romance así, con una desconocida de la que se ignora nombre y apellido.

Llamó con gesto cariñoso al lulú y, cuando el perro se acercó, lo amenazó con el dedo. El lulú lanzó un gruñido. Gúrov lo amenazó de nuevo.

La dama lo miró y al instante bajó la mirada.

—No muerde —dijo, y se sonrojó.

—¿Puedo darle un hueso? —Y, cuando ella movió afirmativamente la cabeza, Gúrov le preguntó en tono afable—: ¿Hace mucho que ha llegado a Yalta?

—Unos cinco días.

—Pues yo ya voy por mi segunda semana.

Callaron un rato.

—Qué rápidamente pasa el tiempo, y, sin embargo, ¡esto es tan aburrido! —dijo la mujer sin mirarlo.

—Esto de que aquí uno se aburre es algo que sólo se dice. Vive uno, no sé, en su Beliov o en cualquier Zhizdra y no se aburre, pero llega aquí y «¡Oh, qué aburrimiento! ¡Cuánto polvo!». Ni que viniera de Granada.

Ella se rió. Y ambos siguieron comiendo en silencio, como dos desconocidos; pero después de comer marcharon juntos, y se inició una de esas conversaciones burlonas y ligeras que surgen entre las personas libres y satisfechas, a las que les da igual adónde ir y de qué hablar.

Paseaban y comentaban la extraña iluminación del mar; el agua era de color lila, tan suave y cálido, y la luna extendía sobre el mar una franja dorada. Hablaban del bochorno que hacía tras el caluroso día.

Gúrov contó que era de Moscú, que había estudiado filología, pero trabajaba en un banco; en un tiempo se había preparado para ingresar en una ópera particular, pero lo dejó, y en Moscú tenía dos casas...

Y de ella supo que había crecido en Petersburgo, pero se había casado en S., donde vivía desde hacía ya dos años, que se quedaría en Yalta un mes y que, tal vez, acudiera a por ella su marido, al que también le apetecía un descanso. No hubo manera de que lograra explicar dónde trabajaba su marido, si en la diputación provincial o en un organismo local, cosa que a ella misma le hizo gracia. Gúrov se enteró también de que se llamaba Anna Serguéyevna.

Más tarde, en su cuarto del hotel, pensó en ella, en que al día siguiente era muy probable que la volviera a ver. Así debía ser. Al acostarse se le ocurrió pensar que la muchacha no haría mucho que habría dejado de ser una colegiala, igual que su hija ahora, recordó cuánta timidez y torpeza había aún en su risa, en su manera de hablar con un desconocido; al parecer, era la primera vez en su vida que estaba sola, que se encontraba en la situación de una mujer a la que seguían, miraban y hablaban con una sola secreta intención que ella por fuerza debía adivinar. Recordó su fino y débil cuello, los hermosos ojos grises.

«De todos modos, hay algo en ella que inspira compasión», pensó, y comenzó a dormirse.

II

Había pasado una semana desde que se conocieran. Era un día de fiesta. En las habitaciones el calor era sofocante y en las calles el vendaval arremolinaba el polvo y arrancaba los sombreros. Todo el día tenían sed, y Gúrov entraba a menudo en el pabellón y ofrecía a Anna Serguéyevna o agua con sirope o helado. No había dónde meterse.

Al atardecer, cuando el tiempo se calmó un poco, se fueron al puerto, a ver cómo llegaba el vapor. En el muelle había muchos paseantes; esperaban a alguien, llevaban ramos de flores. Y allí, entre la elegante multitud de Yalta, saltaban claramente a la vista dos detalles: las señoras mayores vestían como las jóvenes y había muchos generales.

Debido a lo agitado del mar, el barco llegó tarde, cuando ya se había puesto el sol, y antes de atracar tardó largo rato en dar la vuelta. Anna Serguéyevna miraba por unos impertinentes al vapor y a los pasajeros, como si buscara a algún conocido, y cuando se dirigía a Gúrov sus ojos brillaban. Hablaba mucho y las preguntas le salían entrecortadas, por lo demás se olvidaba al instante de lo que había preguntado; luego, entre el gentío, perdió los impertinentes.

La muchedumbre elegante se dispersaba, ya no se veían nuevas caras, el viento se calmó del todo, pero Gúrov y Anna Serguéyevna seguían ahí, como si esperaran que bajara alguien más del barco. Anna Serguéyevna ahora callaba y olía las flores sin mirar a Gúrov.

—El tiempo ha mejorado —dijo él—. ¿Adónde podríamos ir? ¿Y si damos un paseo en coche?

Ella no contestó.

Entonces él la miró fijamente, de pronto la abrazó y la besó en los labios. Se sintió envuelto por el olor y vaho de las flores. Al instante miró atemorizado a su alrededor por si les había visto alguien.

—Vamos a su cuarto… —susurró Gúrov.

Y ambos echaron a andar con paso rápido.

En la habitación de Anna el aire era sofocante, olía al perfume que ella había comprado en la tienda japonesa. Gúrov, mirándola ahora, pensaba: «¡Qué encuentros tiene uno en la vida!».

Del pasado conservaba el recuerdo de mujeres despreocupadas y benévolas, alegres con el amor y agradecidas con la dicha recibida, por muy breve que ésta fuera. Pero también recordaba otras como, por ejemplo, su esposa, que amaban sin sinceridad o con demasiadas palabras, afectadamente, de manera histérica, con una expresión que más que amor o pasión parecía reflejar algo más solemne; o unas dos o tres, muy bellas y frías, en cuyo rostro de pronto centelleaba una expresión rapaz, un obstinado deseo de tomar, de arrancar de la vida más de lo que ésta puede dar. Eran mujeres que habían dejado atrás su primera juventud, caprichosas, no dadas a razones, dominantes y poco inteligentes, y cuando Gúrov perdía interés por ellas, su belleza le resultaba odiosa, y entonces los encajes de sus vestidos le parecían escamas.

Allí, en cambio, seguía ante la misma timidez, el gesto torpe de la inexperta juventud y el sentimiento de embarazo del primer día, y observaba también una sensación de desconcierto, como si de pronto hubieran llamado a la puerta.

Anna Serguéyevna, la «dama del perrito», reaccionó ante lo ocurrido de manera algo singular, muy en serio, como si la hubiesen deshonrado; así lo parecía, y resultaba extraño y fuera de lugar. Sus rasgos se habían demacrado, ajado, y a ambos lados de la cara le colgaban tristes sus largos cabellos; se la veía pensativa, en una pose abatida, igual que una pecadora en un cuadro antiguo.

—No está bien —dijo Anna—. Ahora usted será el primero en perderme el respeto.

Sobre la mesa de la habitación había una sandía. Gúrov cortó una raja y se puso a comer sin prisas. Pasó al menos media hora en silencio.

Anna Serguéyevna tenía un aire conmovedor, toda ella respiraba la pureza de una mujer honesta, ingenua, que había vivido poco; la vela solitaria que ardía sobre la mesa apenas iluminaba su rostro, y sin embargo se veía que algo le dolía en el alma.

—Y ¿por qué he de dejar de respetarte? —preguntó Gúrov—. Ni tú misma sabes lo que dices.

—¡Que Dios me perdone! —exclamó, y sus ojos se llenaron de lágrimas—. Es horroroso.

—Parece como si te justificaras.

—Justificarme ¿con qué? Soy una mujer mala, ruin. Me desprecio y ni siquiera pienso en justificarme. No ha sido a mi marido a quien he engañado, sino a mí misma. Y no sólo ahora, sino hace tiempo. Mi marido tal vez sea un hombre honesto, bueno, ¡pero no es más que un lacayo! No sé lo que hará allí, ni qué cargo tiene, sólo sé que es un lacayo. Cuando me casé con él tenía veinte años, me abrumaba la curiosidad, quería algo mejor; porque hay otra vida, me decía yo. ¡Quería vivir! Vivir y vivir... La curiosidad me quemaba... usted no lo entiende, pero, lo juro por Dios, ya no podía dominarme. Me estaba ocurriendo algo, ya no me podía contener. Le dije a mi marido que estaba enferma y me vine aquí... Aquí no he parado de ir de un lado a otro, como embriagada, como una loca... y ya ve, me he convertido en una mujer ruin, repugnante, a la que puede despreciar cualquiera.

A Gúrov le aburría escucharla, le irritaba el tono ingenuo, aquel arrepentimiento, tan inesperado y fuera de lugar; de no ser por las lágrimas, se podría pensar que estaba bromeando o representaba algún papel.

—No entiendo qué quieres —preguntó en voz baja.

La mujer escondió su cara en el pecho de Gúrov y se apretó a él.

—Créame, se lo suplico, créame... —decía—. Yo amo la vida honesta, limpia, y el pecado me repugna, yo misma no sé lo que hago. La gente sencilla suele llamarlo la tentación del maligno. Ahora yo también puedo decir de mí que el maligno me ha tentado.

—Bueno, bueno... —murmuraba él.

Miraba sus ojos inmóviles, asustados, la besaba, le hablaba en voz suave y dulce, y ella poco a poco se calmó, recobró la alegría, y ambos se echaron a reír.

Después, cuando salieron, en el paseo no había ni un alma, la ciudad con sus cipreses tenía un aspecto completamente muerto, pero el mar seguía bramando y chocaba contra la costa; una barcaza se balanceaba sobre las olas y sobre ella parpadeaba soñoliento un farolillo.

Encontraron un coche y se dirigieron a Oreanda.

—Abajo en el vestíbulo me he enterado de tu apellido: en el tablón ponía Von Diderітz —dijo Gúrov—. ¿Tu marido es alemán?

—No, parece que su abuelo lo era, pero él es ortodoxo.

En Oreanda se sentaron en un banco, no lejos de la iglesia, y estuvieron mirando abajo, al mar, en silencio. A través de la niebla del amanecer, Yalta casi no se veía, en las cumbres de las montañas se mantenían inmóviles las nubes blancas. Las hojas no se movían en los árboles, chirriaban las cigarras, y el monótono y sordo rumor del mar, que llegaba desde abajo, les hablaba de paz, del sueño eterno que nos espera.

Así sonaba el mar allí abajo, cuando aún no estaban aquí ni Yalta, ni Oreanda, así seguía ahora el rumor y así seguiría, igual de indiferente y sordo, cuando no estemos. Y en esta inmutabilidad, en la completa indiferencia hacia la vida y la muerte de cada uno de nosotros se esconde, quizá, el secreto de nuestra salvación eterna, del ininterrumpido movimiento de la vida en la tierra, del constante perfeccionamiento.

Sentado junto a la joven, que tan hermosa parecía a la luz del alba, recobrada la calma y fascinado ante aquel espectáculo mágico —el mar, las montañas, las nubes y el ancho cielo—, Gúrov reflexionaba que, en realidad, si uno se para a pensar, qué maravilloso era todo, todo en este mundo, todo, a excepción de lo que pensamos y hacemos cuando nos olvidamos de los altos designios de la existencia, de nuestra dignidad de hombres. Se acercó alguien, al parecer un guarda, los miró y se fue. Y este detalle les pareció tan misterioso y también bello. Se veía cómo había llegado el vapor de Feodosia, iluminado por el alba matutina, ya sin las luces.

—Hay rocío en la hierba —dijo Anna Serguéyevna tras un silencio.

—Sí. Es hora de volver.

Regresaron a la ciudad.

Desde entonces se encontraban cada mediodía en el paseo; juntos almorzaban, cenaban, paseaban, admiraban el mar. Ella se quejaba de que dormía mal y que le palpitaba de inquietud el corazón; le hacía siempre las mismas preguntas, angustiada por los celos o por el temor de que él no la respetara lo bastante. Y él, a menudo, en la glorieta o en el parque, cuando no había nadie cerca alrededor, de pronto la atraía hacia sí y la besaba con pasión. La indolencia más completa, aquellos besos a plena luz del día, furtivos y temerosos —no fuera que alguien los viese—, el calor, el olor del mar y el constante ir y venir ante sus miradas de gente ociosa, elegante y satisfecha, aquello parecía haberle transfigurado. Gúrov le hablaba a Anna Serguéyevna de lo atractiva y lo tentadora que era, se mostraba apasionado e impaciente y no se separaba de ella ni a un paso. Y ella a menudo se quedaba pensativa y no paraba de pedirle que reconociera que no la respetaba, que no la quería nada y que sólo veía en ella a una mujer fácil. Casi cada noche, muy tarde, se dirigían a algún lugar de las afueras, a Oreanda o a la cascada; el paseo les encantaba, y en cada ocasión las impresiones eran espléndidas y majestuosas.

Esperaban la llegada del marido. Pero de éste llegó una carta en la que decía que había enfermado de los ojos y rogaba a su mujer que regresara a casa cuanto antes. Anna Serguéyevna se apresuró a partir.

—Es bueno que me vaya —le decía a Gúrov—. Es el destino que me llama.

Se fue en coche de caballos y él la acompañó. Viajaron todo el día. Cuando se instaló en el vagón del correo y ya había sonado el segundo aviso, ella le decía:

—Déjeme verle una vez más... Verle una vez más. Así.

No lloraba, pero estaba triste, como enferma, y le temblaba la cara.

—Pensaré en usted... le recordaré —decía ella—. Que Dios le proteja. No guarde usted mal recuerdo de mí. Nos despedimos para siempre; así ha de ser, porque nunca debimos encontrarnos. Bien, vaya usted con Dios.

El tren partió de prisa, pronto desaparecieron las luces, y al cabo de un minuto ya no se oía ni un rumor, como si todo se hubiera confabulado para cortar cuanto antes aquel dulce sueño, aquella locura.

Y, ya solo en el andén y mirando la oscura lejanía, Gúrov oía el chirriar de los saltamontes y el zumbido de los hilos del telégrafo con la misma sensación de quien se acaba de despertar. Y el hombre pensaba sobre que una historia o aventura más había pasado por su vida y que también ésta había llegado a su fin y que ahora sólo le quedaba el recuerdo...

Estaba emocionado, triste y se sentía ligeramente arrepentido, porque la joven mujer, a la que nunca más vería ya, no había sido feliz a su lado; Gúrov había sido cordial y amistoso con ella, pero, de todos modos, en su trato con ella, en el tono y en sus caricias se deslizaba, como una sombra, una leve burla, la suficiencia algo burda de un hombre feliz, que, por si fuera poco, casi le doblaba en edad. Ella no paraba de repetirle lo bueno, extraordinario y sublime que era; por lo visto, él le parecía lo que en realidad no era, de modo que, sin quererlo, la engañaba...

En la estación ya olía a otoño, la tarde era fresca.

«Es hora que yo también me vaya al norte —pensaba Gúrov al abandonar el andén—. ¡Ya es hora!»

III

En Moscú todo tenía un aspecto invernal. En casa encendían las estufas, y por las mañanas, cuando los niños se preparaban para ir a la escuela y tomaban el desayuno, en la calle estaba oscuro, y la niñera prendía por un rato la luz. Ya habían empezado las heladas. Cuando cae la primera nieve, el primer día en que se toma el trineo, es agradable ver la tierra blanca, los tejados blancos, se respira con ligereza y a placer, y con este tiempo vienen a la memoria los años jóvenes. Los viejos tilos y abedules, blancos por la escarcha, tienen un aire bondadoso y llegan más al corazón que los cipreses y las palmeras; junto a ellos ya no apetece pensar en las montañas y el mar.

Gúrov, que era moscovita, había regresado a Moscú un día hermoso, muy frío, y cuando se puso el abrigo de pieles, unos guantes calientes y se dio un paseo por la calle Petrovka, y en la noche del sábado, cuando oyó el tañido de las campanas, su reciente viaje y los lugares que había visitado perdieron para él todo el encanto. Poco a poco se sumergió en la vida moscovita; leía con avidez tres periódicos al día y ya decía que la prensa moscovita no la leía por principio. Recobró su interés por los restaurantes, los clubes, los banquetes, los aniversarios, y volvió a parecerle halagador recibir en su casa a conocidos abogados y artistas, y jugar a las cartas en el Club de Doctores con un catedrático. Ya podía comerse toda una porción de solianka[8] a la sartén...

Pasaría un mes o dos, y Anna Serguéyevna, como pensaba, se sumergiría en la niebla del recuerdo y solamente rara vez se le aparecería en sueños con su conmovedora sonrisa, como se le aparecían otras. Pero había pasado más de un mes, ya era pleno invierno, y el recuerdo seguía tan nítido como si se hubiera separado de Anna Serguéyevna en la víspera. Y los recuerdos se hacían cada vez más vivos. A veces, ya fuera en el silencio del atardecer, cuando le llegaban al despacho las voces de los niños que preparaban los deberes, ya fuera mientras escuchaba una romanza o el órgano en un restaurante, o cuando en el hogar gemía la ventisca, de pronto resucitaban todos los recuerdos: lo sucedido en el muelle, la bruma del amanecer en las montañas, el vapor de Feodosia, los besos. Recorría largo rato la habitación, recordaba y sonreía; luego los recuerdos se convertían en sueños, y después el pasado se mezclaba en su imaginación con lo que había de llegar. Anna Serguéyevna no se le aparecía en sueños, sino lo seguía a todas partes, como una sombra, y lo vigilaba. Si cerraba los ojos, la veía como si la tuviera delante, y le parecía más bella, más joven, más dulce que antes, y él mismo creía ser mejor de lo que había sido entonces, en Yalta. Por las tardes ella lo contemplaba desde la librería, desde el hogar o de un rincón; Gúrov oía su respiración, el acariciador susurro de su vestido. Por la calle seguía con la mirada a las mujeres y buscaba a alguna que se pareciera a ella.

Empezó a abrumarle el poderoso deseo de compartir con alguien sus recuerdos. Pero en casa no podía hablar de su amor, y fuera de casa no había con quién. ¡No iba a hacerlo con los vecinos o en el banco! Y además, ¿hablar

8 Plato ruso de carne o pescado bien condimentado.

de qué? ¿O es que había amado entonces? ¿Acaso había algo de hermoso, poético o aleccionador, o algo simplemente interesante en sus relaciones con Anna Serguéyevna? No había más remedio, pues, que hablar del amor o de las mujeres de forma vaga, y nadie adivinaba de qué se trataba; sólo su mujer meneaba sus negras cejas y decía:

—Dimitri, no te va nada este papel de galán.

Una noche, al salir del Club de Doctores con un compañero de partida, un funcionario, no pudo contenerse y dijo:

—¡Si supiera usted a qué encantadora mujer he conocido en Yalta!

El funcionario subió a un trineo y se puso en camino, pero, de pronto, se dio la vuelta y le llamó:

—¡Dmitri Dmítrich!

—¿Qué?

—Antes estaba usted en lo cierto: el esturión tenía un tufillo.

Aquellas palabras, tan corrientes, no se sabe por qué, sublevaron a Gúrov, le parecieron humillantes, sucias. ¡Qué costumbres más salvajes, qué gente!

¡Qué noches más absurdas, qué días más aburridos y vacíos! El juego impenitente a las cartas, las comilonas, las borracheras, las constantes conversaciones siempre sobre lo mismo. Los asuntos inútiles y las conversaciones siempre sobre el mismo tema consumen la mejor parte del tiempo, las mejores fuerzas, y al final sólo queda algo así como una vida amputada, sin alas, una vida boba. ¡Y no hay modo de irte y de escapar, como si estuvieras en una casa de locos o en un batallón de castigo!

Gúrov no durmió en toda la noche, le dominaba la indignación, y luego durante todo el día le dolió la cabeza. Tampoco las noches siguientes durmió bien, se las pasaba pensando sentado en la cama, o yendo de un rincón a otro del cuarto. Estaba harto de los niños, del banco, no tenía ganas de ir a ninguna parte ni de hablar de nada.

En diciembre, para las fiestas, se dispuso a viajar, le dijo a su mujer que se iba a Petersburgo a hacer unas gestiones en favor de un joven, y se marchó a S. ¿Para qué? Ni él mismo lo sabía bien. Sentía deseos de ver a Anna Serguéyevna, hablar con ella, y, si era posible, concertar una cita.

Llegó a S. por la mañana y tomó en el hotel la mejor habitación; todo el suelo estaba tapizado de un paño de uniforme militar, sobre la mesa había un tintero, gris del polvo, con una figura ecuestre; el jinete, al que le habían arrancado la cabeza, levantaba una mano con un sombrero. El conserje le dio los datos necesarios: Von Diderítz vivía en la calle Staro Gonchárnaya, en casa de propiedad; no era lejos del hotel, vivía bien, era rico, tenía caballos propios y en la ciudad todos lo conocían. El conserje lo llamaba Drydyrits.

Gúrov se encaminó sin prisas hacia la calle Staro Gonchárnaya, encontró la casa. Justo frente al edificio se alzaba una empalizada larga, gris, con clavos.

«Con una tapia así, cualquiera sale corriendo», se decía Gúrov mirando a la casa y a la valla.

Era un día festivo y el marido seguramente estaría en casa, pensaba Gúrov. Lo cierto es que daba igual, sería una torpeza presentarse sin más en la casa. Si le enviaba una nota, lo más probable es que cayera en manos del marido y entonces todo su plan se echaría a perder. Lo mejor era esperar una ocasión. Y se puso a deambular por la calle, a lo largo de la empalizada en espera de aquella oportunidad.

Vio cómo en el portón entró un pordiosero y sobre el hombre se lanzaron los perros. Más tarde, al cabo de una hora, oyó cómo tocaban el piano, las notas le llegaban débiles, confusas. Seguramente tocaba Anna Serguéyevna. De pronto la puerta principal se abrió, del interior salió una viejecita y tras ella, corriendo, el lulú blanco. Gúrov quiso llamar al perro, pero de pronto el corazón se le puso a latir con fuerza y, de la emoción, no pudo recordar cómo se llamaba el animal.

Gúrov, que seguía andando, odiando cada vez más aquella tapia gris, ya empezaba a pensar irritado que Anna Serguéyevna lo había olvidado y que, tal vez, se divirtiera con otro, algo natural en una mujer joven obligada a ver de la mañana a la noche aquella maldita tapia. Regresó a su habitación y se quedó largo rato sentado en el diván sin saber qué hacer, luego comió y durmió largo rato. «Qué estúpido y molesto es todo esto —pensó al despertar mirando las oscuras ventanas: ya era de noche—. No sé por qué he dormido tanto. Y ahora por la noche, ¿qué voy a hacer?»

Estaba sentado en la cama cubierta de una manta gris barata, igual que la de un hospital, y se azuzaba con rabia:

«Ahí la tienes, tu dama del perrito... Tu aventura... Y ahora quédate aquí sentado, te está bien por...»

Aquella mañana, aún en la estación, le había saltado a la vista un anuncio de letras muy grandes: se representaba por primera vez La geisha. Se acordó de ello y se dirigió al teatro.

«Es muy probable que ella asista a los estrenos», pensó.

El teatro estaba lleno. En la sala, como es habitual en todos los teatros de provincias, una niebla flotaba por encima de las arañas, el gallinero se agitaba ruidoso; en la primera fila, antes de empezar la representación se hallaban de pie con las manos a la espalda los petimetres del lugar; en el palco oficial, en el lugar de preferencia se sentaba, con una boa de plumas, la hija del gobernador, mientras el propio gobernador se escondía con modestia tras las cortinas y sólo se le veían las manos. Se balanceaba el telón, durante largo rato la orquesta estuvo afinando los instrumentos. Mientras el público entraba y ocupaba sus asientos Gúrov se pasó todo el tiempo buscando ávidamente con la mirada.

También llegó Anna Serguéyevna. Se sentó en la tercera fila, y Gúrov cuando la miró sintió que se le encogía el corazón, y entonces comprendió con toda claridad que en el mundo entero no había nadie más entrañable, más querido y más importante para él que esta persona.

Ella, esta pequeña mujer, perdida entre aquella muchedumbre provinciana, sin nada de particular, con unos vulgares impertinentes en la mano, llenaba entonces toda su vida, era su desgracia, su alegría, la única felicidad que entonces deseaba para sí. Y bajo los sones de una mala orquesta, de unos violines miserables y ramplones, pensaba en lo bella que era. Pensaba y soñaba.

Con Anna Serguéyevna entró y se sentó a su lado un hombre joven con patillas cortas, muy alto y encorvado; a cada paso balanceaba la cabeza y parecía ejecutar constantes reverencias. Debía de ser el marido, a quien aquel día, en Yalta, en un arranque de amargura, había tildado de lacayo. Y ciertamente, en su larga figura, en las patillas y en la pequeña calva

había algo de la modestia de un lacayo; el hombre sonreía con dulzura y en su ojal brillaba alguna insignia académica, igual que el número que llevan los lacayos.

En el primer entreacto el marido se fue a fumar y ella se quedó en la sala. Gúrov que también se sentaba en el patio de butacas, se acercó a ella y, con voz temblorosa y una sonrisa forzada, dijo:

—Buenas noches.

Ella lo miró y perdió el color, luego lo volvió a mirar con cara de horror, sin dar crédito a sus ojos y apretó con fuerza el abanico y los impertinentes juntos, haciendo al parecer un esfuerzo enorme por no desmayarse. Ambos callaban. Ella estaba sentada; él, de pie, asustado por su confusión, sin decidirse a sentarse a su lado. Resonaron los violines y una flauta que los músicos afinaban. De pronto sintieron miedo, parecía como si de todas las butacas los observaran. Ella al fin se levantó y se dirigió con pasos rápidos hacia la salida; él la siguió y ambos echaron a andar sin ton ni son, por pasillos, escaleras, unas veces subiendo, otras bajando, y ante sus ojos pasaban veloces Dios sabe qué gente en uniformes de juez, de maestros y de algún otro cuerpo, todos con insignias; desfilaban damas, abrigos en los colgadores, soplaba una corriente de aire con olor a colillas de tabaco. Y Gúrov, a quien le palpitaba con fuerza el corazón, se preguntaba: «¡Oh, Dios mío! ¿A qué esta gente, esta orquesta?».

En aquel instante de pronto recordó cómo aquella tarde en la estación, mientras despedía a Anna Serguéyevna, se decía que todo se había acabado y que ya nunca más se verían. Pero ¡cuánto faltaba aún para el final!

Anna se detuvo al pie de una estrecha y tenebrosa escalera en la que se leía: «paso al anfiteatro».

—¡Qué susto me ha dado! —dijo, respirando penosamente, aún pálida y aturdida—. Oh, cómo me ha asustado. Casi me muero. ¿A qué ha venido? ¿Por qué?

—Compréndame, Anna, comprenda... —pronunció él a media voz y a toda prisa—. Se lo suplico, comprenda...

Ella lo miraba con expresión de terror, de súplica, de amor, lo miraba fijamente, para retener con toda la fuerza de que era capaz sus rasgos.

—¡Cómo sufro! —proseguía ella, sin escucharlo—. No he parado de pensar en usted, he vivido con el pensamiento puesto en usted. Y tenía tantos deseos de olvidar, de olvidar... Pero ¿por qué, para qué ha venido?

Más arriba, en el rellano, dos estudiantes fumaban y miraban hacia abajo, pero a Gúrov todo le daba igual, atrajo hacia sí a Anna Serguéyevna y se puso a besar su cara, sus mejillas, sus manos.

—¡¿Qué hace?! ¡¿Qué hace usted?! —decía ella horrorizada, apartándolo—. Nos hemos vuelto locos. Márchese hoy mismo, ahora mismo... Se lo imploro por todos los santos, por lo que más quiera... ¡Alguien viene!

Alguien subía por la escalera.

—Debe marcharse... —seguía diciendo Anna Serguéyevna en un susurro—. ¿Me oye, Dmitri Dmítrich? Iré a verle a Moscú. Nunca he sido feliz, ahora soy desgraciada y nunca, nunca seré feliz, ¡nunca! ¡No me haga sufrir aún más! Iré a verle a Moscú, se lo juro. ¡Y ahora, separémonos! ¡Cariño mío, mi querido, mi buen Dmitri Dmítrich, separémonos!

Anna le apretó la mano y empezó a bajar de prisa, volviendo a cada instante la cabeza hacia él, y por sus ojos se veía que, en efecto, no era feliz...

Gúrov se quedó un rato, atento, y luego, cuando todo volvió a la calma, buscó su colgador y se marchó del teatro.

IV

Y Anna Serguéyevna empezó a ir a verlo a Moscú. Cada dos o tres meses se ausentaba de S.; le decía a su marido que iba a la capital a consultar a un profesor acerca de una enfermedad suya de mujer, y el marido la creía y no la creía.

Cuando llegaba a Moscú, se instalaba en el Slavianski Bazar y al momento mandaba a Gúrov un recadero, un botones con gorro rojo. Gúrov iba a visitarla y nadie en Moscú sabía nada de sus citas.

Un día, una mañana de invierno, Gúrov iba a uno de esos encuentros (el recadero fue a su casa la noche anterior y no lo encontró). Con él marchaba su hija, a la que quiso acompañar al colegio; le venía de camino. Caía una abundante nevada de copos grandes y húmedos.

—Hace tres grados sobre cero y no obstante nieva —le decía Gúrov a su hija—. Pero eso es sólo en la superficie de la Tierra, pues en las capas altas de la atmósfera la temperatura es muy distinta.

—Papá, y ¿por qué en invierno no truena?

También se lo explicó. Pero, mientras hablaba, pensaba en que iba a aquella cita y ni un alma lo sabía ni, quizá, nunca lo supiera.

Llevaba dos vidas: una aparente, que veían y conocían todos los que debían, llena de una media verdad y una media mentira, perfectamente semejante a la de sus conocidos y amigos, y otra, que transcurría en secreto. Por una extraña coincidencia de circunstancias, tal vez casual, todo lo que para él era importante, interesante e imprescindible, en lo que era sincero y no se engañaba, lo que constituía el meollo de su vida, se desarrollaba en secreto de los demás, y todo lo que constituía su mentira, la envoltura en la que se guarecía para encubrir la verdad, como por ejemplo, su trabajo en el banco, las discusiones en el club, sus comentarios sobre la «raza inferior», su presencia en las fiestas de aniversario en compañía de la esposa, todo esto estaba a la vista.

Y de igual modo que su vida juzgaba la de los demás; no creía en lo que veía, y siempre sospechaba que en cada persona la vida auténtica, la más interesante, transcurría bajo el manto del misterio, como bajo el manto de la noche. Cada existencia privada se mantenía en secreto y tal vez era en parte ésa la razón por la que toda persona culta pusiera tanto empeño en que se respetara su secreto mundo privado.

Tras acompañar a la hija al colegio, Gúrov se dirigió al Slavianski Bazar. Abajo se quitó el abrigo, subió y golpeó suavemente la puerta. Anna Serguéyevna, con un vestido gris, su preferido, agotada por el viaje y la espera —lo aguardaba desde la noche anterior—, estaba pálida, lo miraba y no sonreía, y en cuanto él entró se dejó caer sobre su pecho. Como si no se hubieran visto en dos años, su beso fue largo, prolongado.

—¿Qué, cómo va la vida por allá? —preguntó Gúrov—. ¿Qué hay de nuevo?

—Espera, ahora... No puedo.

No podía hablar, estaba llorando. Le dio la espalda y se apretó el pañuelo a los ojos.

«Que llore un rato; mientras tanto, me sentaré», se dijo Gúrov y se sentó en el sillón.

Después llamó para que le llevaran té, y mientras se lo tomaba ella seguía de pie, vuelta hacia la ventana... Lloraba de la emoción, por la dolorosa evidencia de que sus vidas tenían un destino tan aciago: ¡se veían sólo en secreto, se escondían de la gente, como unos ladrones! ¿Acaso la vida de ambos no estaba hecha añicos?

—¡Bueno, basta! —dijo Gúrov.

Para él era evidente que aquel amor duraría aún bastante, no sabía hasta cuándo. Anna Serguéyevna se sentía cada vez más fuertemente atada a él, lo adoraba, y era impensable decirle que todo aquello tendría que terminar algún día; por lo demás, tampoco iba a creerle. Se acercó a ella y la tomó de los hombros para acariciarla, hacerle alguna broma, y en aquel instante se vio en el espejo.

Su cabeza empezaba a encanecer. Le pareció extraño haber envejecido tanto en los últimos años, se veía tan desmejorado. Los hombros sobre los que descansaban sus manos estaban tibios y se estremecían. Sintió compasión por aquella vida, aún tan cálida y tan bella, aunque también, seguramente, próxima a mustiarse y marchitarse, como la suya.

¿Por qué lo quería ella de aquel modo? A las mujeres él siempre les había parecido no ser lo que era, y éstas habían amado en su persona no a quién él era, sino al hombre creado por su imaginación y al que habían buscado ávidamente toda la vida; e incluso después, cuando descubrían su error, le amaban a pesar de todo. Pero ninguna de ellas fue feliz con él. El tiempo pasaba, conocía a otras mujeres, intimaba, rompía y se alejaba, pero nunca había amado. Hubo de todo en su vida, pero nunca amor. Y sólo ahora, cuando su cabeza empezaba a encanecer, se había enamorado como es debido, de verdad, por primera vez en su vida.

Anna Serguéyevna y él se querían como dos seres muy próximos, muy unidos, como marido y mujer, como amigos entrañables; les parecía que había sido el propio destino quien les había hecho el uno para el otro, y les resultaba incomprensible por qué él estaba casado y estaba casada ella; eran igual que dos aves de paso, una pareja, a la que habían capturado y obligado a vivir en jaulas separadas. Se habían perdonado el uno al otro aquello que les avergonzaba de su pasado, en el presente todo se lo perdonaban y sentían que este amor los había cambiado a los dos.

En otro tiempo, en los momentos de tristeza, él se tranquilizaba con todos los argumentos que le venían a la cabeza, pero ahora ya no valía ningún razonamiento; sentía una profunda compasión, quería ser sincero, tierno...

—Basta ya, querida mía —le decía—, has llorado y ya basta... A ver, hablemos. Algo se nos ocurrirá.

Después, durante largo rato estuvieron pensando en voz alta, hablando de cómo librarse de la necesidad de esconderse, mentir, vivir en ciudades distintas, no verse en tanto tiempo. ¿Cómo librarse de aquellas insoportables trabas?

«¿Cómo? ¿Cómo? —se preguntaba él agarrándose la cabeza con las manos—. ¿Cómo?»

Y parecía que un poco más y encontrarían la solución, y empezaría entonces una vida nueva, maravillosa, y para ambos estaba claro que hasta el final faltaba mucho, mucho, y que lo más complicado y difícil no había hecho más que empezar.

EL OBISPO

I

En el monasterio Staro-Petrovski se estaban celebrando los oficios de la víspera del Domingo de Ramos. Cuando empezó el reparto de las palmas eran ya casi las diez, los cirios ardían penosamente y necesitaban ser despabilados, y todo estaba envuelto en una especie de bruma. En la semioscuridad de la iglesia la muchedumbre ondeaba como la superficie del mar y Su Ilustrísima, el obispo Piotr, que llevaba tres días sin sentirse bien, tenía la impresión de que todos los rostros —viejos y jóvenes, masculinos y femeninos— eran semejantes entre sí, que cada uno de los que llegaban a él para recibir su palma tenía la misma expresión en los ojos. En la neblina no se podían ver las puertas; la multitud seguía agitándose y parecía que aquello no tenía fin. Cantaba el coro de las mujeres y una monja leía las oraciones del día.

¡Qué sofoco! ¡Qué calor! ¡Qué largos eran los oficios! Su Ilustrísima estaba agotado. Su respiración era fatigosa, rápida, seca; del cansancio que sentía le dolían los hombros y le temblaban las piernas. ¡Y qué desagradable era oír a un maníaco religioso chillar de vez en cuando en el coro! Pero he aquí que de pronto, como en sueño o delirio, le pareció a Su Ilustrísima que su propia madre, Maria Timoféyevna, a quien no veía desde hacía nueve años —o una vieja parecida a su madre— se le acercaba por entre la multitud y, tras recibir de él una palma, se alejaba sin dejar de mirarle afablemente, con sonrisa benigna y gozosa, hasta que desapareció entre el gentío. Y por

algún motivo las lágrimas rodaron por las mejillas de Su Ilustrísima. La paz reinaba en su corazón, todo iba bien, pero él siguió clavando la vista en el coro de la izquierda donde se leían las oraciones, donde en la bruma vespertina no era ya posible reconocer a nadie, y... rompió a llorar. Brillaban las lágrimas en su rostro y en su barba. Por allí cerca lloraba otra persona, luego otra un poco más lejos, luego otras y otras, hasta que poco a poco la iglesia llegó a rebosar de llanto silencioso. Y luego, unos cinco minutos más tarde, empezó a cantar el coro de monjas; ya nadie lloraba y todo había vuelto a su condición anterior.

Poco después terminaron los oficios. Cuando el obispo subió a su coche para volver a casa, el tañido hermoso y alegre de las pesadas y espléndidas campanas se difundió por todo el jardín alumbrado por la luna. Diríase que ahora las paredes blancas, las cruces blancas de las tumbas, los abedules blancos, las sombras negras y la luna lejana que en el cielo pendía justamente sobre el monasterio, todo ello vivía su propia vida, incomprensible aunque muy próxima al hombre. Abril estaba en sus comienzos y, tras un cálido día primaveral, el tiempo había refrescado. Se sentía una punta de escarcha aunque en el aire suave y frío se notaba el aliento de la primavera. El camino que conducía del monasterio a la ciudad era arenoso, los caballos tenían que ir al paso, y a ambos lados del carruaje, bajo la clara y tranquila luz de la luna, caminaban despacio los feligreses. Todos callaban, absortos en sus pensamientos; todo lo que se veía alrededor parecía afable, juvenil, cercano: los árboles, el cielo, incluso la luna; y todo ello inducía a pensar que así sería siempre.

Por fin llegó el coche a la ciudad y entró con estrépito por la calle principal. Las tiendas estaban ya cerradas, pero en la del comerciante Yerakin, el millonario, estaban probando la nueva luz eléctrica, que centelleaba brillante, y había un nutrido grupo de gente alrededor. Después fueron surgiendo, una tras otra, calles anchas, oscuras y desiertas, luego la carretera, el campo y el aroma de los pinos. Y de pronto apareció ante los ojos del obispo un blanco muro almenado, tras él un alto campanario inundado de luz, y junto a éste cinco grandes cúpulas doradas y fulgentes: era el monasterio Pankrátievski en el que vivía Su Ilustrísima. Y aquí también, por encima del monasterio, estaba la luna silente y soñadora. Crujiendo sobre la arena, el carruaje entró por el portón. Acá y acullá, a la luz de la luna, movíanse oscuras figuras monásticas y oíanse pasos sobre las losas...

—Sepa, Ilustrísima, que su madre llegó cuando Vuestra Ilustrísima estaba fuera —le informó el hermano lego cuando el obispo entró en su celda.

—¿Mi madre? ¿Cuándo llegó?

—Antes del oficio de vísperas. Primero preguntó dónde estaba Vuestra Ilustrísima y luego fue al convento de monjas.

—¡Entonces fue a ella a quien vi en la iglesia hace poco! ¡Oh, Dios mío!

Y el obispo, de puro gozo, rompió a reír.

—Me pidió que le dijera a Vuestra Ilustrísima —prosiguió el hermano lego— que vendrá mañana. Viene con ella una muchachita que debe de ser su nieta. Se alojan en la posada de Ovsiánnikov.

—¿Qué hora es ahora?

—Un poco más de las once.

—¡Oh, qué lástima!

Su Ilustrísima, titubeante, se sentó un ratito en la sala como si se resistiera a creer que fuese tan tarde. Tenía embotados los brazos y las piernas y le dolía la nuca. Tenía calor y se sentía incómodo. Tras descansar unos momentos entró en su dormitorio y volvió a sentarse un rato, pensando todavía en su madre. Oyó cómo se iba el hermano lego y cómo el padre Sisói tosía al otro lado de la pared. El reloj del monasterio dio el cuarto de hora.

El obispo se mudó de ropa y empezó a leer sus oraciones antes de acostarse. Leía con atención esas antiguas y conocidas oraciones, a la vez que pensaba en su madre. Ésta tenía nueve hijos y unos cuarenta nietos. En cierta época había vivido con su marido, el diácono, en una aldea pobre; había vivido allí mucho tiempo, desde los diecisiete hasta los sesenta años. Su Ilustrísima la recordaba desde que era muy niño, casi desde los tres años. ¡Y cómo la había querido! ¡Una infancia apacible, preciosa, inolvidable! ¿Por qué ese tiempo, que se había ido para no volver jamás...?, ¿por qué ese tiempo parecía más brillante, rico y festivo de lo que realmente había sido? Cuando había estado enfermo en su niñez o mocedad, ¡qué tierna y compasiva había sido su madre! Y ahora sus oraciones se mezclaban con sus recuerdos, que fulgían cada vez más, como una llama, y esas oraciones no le impedían pensar en su madre.

Cuando hubo terminado sus rezos se desnudó y se acostó, y en seguida, en cuanto quedó todo oscuro, aparecieron en su mente su difunto padre, su madre y su aldea natal, Lesopolie... El chirriar de las ruedas, el balar de las ovejas, el tañer de las campanas en las claras mañanas de estío, los gitanos bajo la ventana...

¡Oh, qué dulce era pensar en ello! Recordó al sacerdote de Lesopolie, el padre Simeón, manso, bondadoso y magnánimo; era un hombrecillo enjuto, bajito, en tanto que su hijo, seminarista, era un hombrón y hablaba con voz de bajo frenético. En una ocasión el hijo del sacerdote se enfadó con la cocinera y la increpó: «¡Ah, tú, burra de Jehud!». El padre Simeón, al oírlo, no dijo palabra; sólo se avergonzó de no poder recordar en qué lugar de la Sagrada Escritura se hacía mención de esa burra. El sacerdote que le siguió en Lesopolie fue el padre Demián, que bebía a más y mejor, tanto así que a veces hasta veía serpientes verdes, por lo que le pusieron el apodo de Demián «el que ve serpientes». El maestro de escuela en Lesopolie era Matvéi Nikoláich; había sido seminarista y era bueno e inteligente, pero también bebía mucho. Nunca pegaba a sus discípulos, pero por algún motivo siempre tenía colgado de la pared un manojo de varas de abedul, y bajo él un letrero en latín enteramente ininteligible: *«Betula kinderbalsamica secuta»*. Tenía un perro de lanas negro al que llamaba Sintaxis.

Y Su Ilustrísima se echó a reír. A ocho verstas de Lesopolie estaba la aldea de Óbnino con un icono milagroso. En verano solían sacar el icono en procesión por las aldeas vecinas y tocaban las campanas todo el día, primero en una aldea y luego en otra; y entonces le parecía al obispo que el aire vibraba de gozo, y él (cuyo nombre entonces era Pavlusha[9]) iba tras el icono descalzo y sin gorra, con fe ingenua, con sonrisa inocente, infinitamente feliz. Se acordaba ahora de que en Óbnino había siempre mucha gente y de que el sacerdote local, el padre Alekséi, a fin de ahorrar tiempo durante la

9 Diminutivo de Pável, su nombre antes de ser consagrado sacerdote.

misa, hacía que su sobrino Ilarión leyese en unas papeletas los nombres de aquellos para cuya salud o descanso eterno se habían pedido oraciones. Ilarión las leía, recibiendo de vez en cuando una moneda de cinco o diez kopeks por su servicio, y sólo después de encanecer y quedarse calvo, casi al final de su vida, vio una vez que en una de las papeletas alguien había escrito: «¡Pero qué tonto eres, Ilarión!». Hasta los quince años Pavlusha estuvo atrasado y estudió poco, tanto así que se pensó en sacarle de la escuela parroquial y ponerle a trabajar en una tienda. Un día, yendo a la oficina de correos de Óbnino a buscar cartas, estuvo mirando largo rato a los empleados y dijo: «Permitan que les pregunte: ¿cómo reciben ustedes su sueldo: cada mes o cada día?».

Su Ilustrísima se santiguó y se volvió del otro lado, tratando de no pensar más y de dormirse.

«Ha venido mi madre...», recordó, y se echó a reír.

La luna se asomó por la ventana, quedó iluminado el suelo y en él se dibujaron algunas sombras. Cantaba un grillo. En la habitación contigua, a través de la pared, roncaba el padre Sisói y su ronquido de viejo sugería soledad, desamparo, incluso vagancia. En un tiempo Sisói había sido administrador del obispo de la diócesis, y por ese motivo le llamaban ahora el «padre exadministrador». Tenía setenta años, vivía en un monasterio a diecisiete verstas de la ciudad y a veces pasaba también unos días en ella. Había venido al monasterio Pankratiyevski tres días antes, y Su Ilustrísima le había retenido para hablar con él a sus anchas de varias cosas, de varios asuntos locales...

A la una y media tocaron a maitines. Se oía toser al padre Sisói y murmurar algo con voz descontenta; luego se levantó y anduvo descalzo por las habitaciones.

—¡Padre Sisói! —llamó el obispo.

Sisói volvió a su cuarto y poco después, ya con las botas puestas, apareció con una bujía; llevaba una sotana sobre la ropa interior y un birrete viejo y descolorido en la cabeza.

—No puedo dormir —dijo el obispo sentándose en la cama—. Será que estoy enfermo. Y no sé qué será. ¡Fiebre!

—Es probable que se haya acatarrado, Ilustrísima. Habrá que darle unas friegas de sebo.

Sisói siguió allí un ratito y bostezó: «¡Ay, Señor, perdona a este pecador!».

—Hoy han puesto luz eléctrica en la tienda de Yerakin —dijo—. ¡No me gusta!

El padre Sisói era viejo, flaco, encorvado, siempre estaba descontento de algo, y tenía ojos de hombre irritado, saltones como los de un cangrejo.

—¡No me gusta! —repitió al salir. ¡No me gusta! ¡En fin, allá ellos!

II

El día siguiente, Domingo de Ramos, Su Ilustrísima dijo misa en la catedral de la ciudad, luego visitó al obispo de la diócesis, más tarde a la viuda de un general, señora muy vieja y muy enferma, y por fin volvió a casa. Entre la una y las dos de la tarde tuvo invitados a comer a dos seres muy queridos: su anciana madre y su sobrina Katia, una niña de ocho años. Durante toda la comida el sol primaveral estuvo asomándose por la ventana, iluminando alegremente el blanco mantel y el cabello rojizo de Katia. Por la ventana doble se oían el alboroto de los grajos y el trinar de los estorninos.

—Hace ya nueve años que no nos vemos —dijo la anciana—. Y ayer cuando le estuve mirando en el monasterio... ¡Dios mío! No ha cambiado usted un ápice, sólo que quizá esté más delgado y tenga la barba más larga. ¡Madre de Dios, Reina de los Cielos! Anoche, en los oficios, nadie podía contenerse, todos estaban llorando. Y yo también, mirándole, empecé a llorar, aunque sin saber por qué. ¡Sea lo que Dios quiera!

Y no obstante el tono afectuoso con que lo dijo, se podía notar que estaba cohibida, como si no supiera si debía tutearle o no, si reír o no, y como si se considerase a sí misma esposa de un diácono más que madre. Y Katia, sin pestañear, miraba a su tío el obispo como tratando de descifrar qué clase de hombre era. Su pelo, sobresaliendo de la peineta y del lazo de terciopelo, formaba una especie de nimbo; tenía respingada la nariz y pícaros los ojos. Antes de sentarse a comer había roto un vaso y ahora la abuela, mientras hablaba, apartó de ella otro vaso y luego una copa. Su Ilustrísima escuchaba a su madre y recordaba que muchos años antes solía llevarle a él, y también a sus hermanos y hermanas, a visitar a parientes a quienes tenía por gente rica. En aquel entonces bregaba con sus hijos, y ahora con sus nietos, y había llevado a Katia...

—Várenka, su hermana de usted, tiene cuatro hijos —dijo la madre—. Katia, ésta de aquí, es la mayor. Y el cuñado de usted, el padre Iván, cayó enfermo, Dios sabe de qué, y murió tres días antes de la Asunción. Y mi Várenka se ha quedado ahora en la miseria.

—Y Nikanor, ¿cómo está? —preguntó Su Ilustrísima por su hermano.

—Está bien, gracias a Dios. Aunque no tiene mucho, gracias a Dios puede vivir. Pero hay una cosa, y es que su hijo, mi nieto Nikolasha, no quiso entrar en la Iglesia. Ha ingresado en la universidad para hacerse médico. Cree que eso es mejor, pero ¡quién sabe! ¡Sea lo que Dios quiera!

—Nikolasha abre en canal a los muertos —dijo Katia, derramando agua sobre sus rodillas.

—Estate quieta, niña —comentó su abuela con calma, quitándole el vaso de la mano—. Reza y come.

—¡Cuánto tiempo sin vernos! —exclamó Su Ilustrísima, acariciando con ternura la mano y el hombro de su madre—. La eché a usted de menos, mamá, cuando estuve en el extranjero. La eché mucho de menos.

—Se lo agradezco.

—Me sentaba al anochecer junto a la ventana abierta, enteramente solo. Empezaba a tocar la música, de pronto sentía la nostalgia de mi país y habría dado cualquier cosa por estar en casa, por verla a usted...

La madre sonrió radiante, pero al momento volvió a ponerse seria y dijo:

—Se lo agradezco.

El estado de ánimo de Su Ilustrísima cambió de pronto. Miraba a su madre sin comprender el porqué de esa respetuosa y tímida expresión en su rostro y su voz. ¿A qué venía aquello? Y no la reconocía. Se sentía triste y molesto. Y para colmo le dolía la cabeza tanto como la víspera, le pesaban muchísimo las piernas, y el pescado se le antojaba pasado e insípido; además, tenía una sed insaciable...

Después de la comida llegaron dos señoras, ricas propietarias, quienes estuvieron sentadas hora y media sin decir palabra, con caras largas; llegó también el archimandrita, hombre taciturno y algo sordo, para hablar con el obispo de algunos asuntos. Y entonces empezaron a tocar vísperas; el sol empezaba a ocultarse tras el bosque y el día llegaba a su fin. Al volver de la iglesia, Su Ilustrísima dijo con rapidez sus oraciones, se acostó en la cama y se tapó para entrar en calor.

Le desagradaba recordar el pescado que le habían servido en la comida. La luz de la luna le inquietaba, y luego oyó una conversación. En una habitación vecina, probablemente en la sala, el padre Sisói hablaba de política:

—Ahora hay guerra entre los japoneses. Se están peleando. Los japoneses, señora mía, son iguales a los montenegrinos; son de la misma raza. Unos y otros estuvieron bajo el yugo de los turcos.

Y luego oyó la voz de Maria Timoféyevna:

—O sea, que tras rezar un rato y tomar el té fuimos, pues, a ver al padre Yegor en Novojátnoye, y...

Y siguió repitiendo sin parar «después de haber tomado el té» o de «haber bebido té» como si durante toda su vida no hubiera hecho otra cosa que beber té.

Poco a poco, vagamente, Su Ilustrísima fue recordando el seminario, la academia. Durante tres años había enseñado griego en el seminario, cuando ya no podía ver el libro sin ayuda de anteojos. Luego se había metido monje y le habían hecho inspector del colegio. Seguidamente había defendido su tesis. Cuando cumplió treinta y dos años le nombraron rector del seminario y le consagraron archimandrita; y fue entonces cuando su vida había sido tan fácil y gustosa; se le antojaba larga, muy larga, como si no hubiera de acabar. Entonces empezó a sentirse mal, adelgazó mucho, se quedó casi ciego y por consejo de los médicos hubo de dejarlo todo e irse al extranjero.

—Y entonces, ¿qué? —preguntó Sisói en la habitación vecina.

—Pues entonces tomamos té... —contestó Maria Timoféyevna.

—¡Santo Dios, tiene usted la barba verde! —exclamó de pronto Katia, sorprendida, rompiendo a reír.

Su Ilustrísima recordó que el padre Sisói, canoso ya, tenía, en efecto, un ligero matiz verdoso en la barba, y también se echó a reír.

—¡Dios mío, qué castigo de muchacha! —clamó Sisói enfadándose—. ¡Chica más consentida! ¡Siéntate y estate quieta!

Su Ilustrísima recordó la iglesia blanca, enteramente nueva, en la que había servido durante su estancia en el extranjero; recordó el estruendo del mar tibio. En su piso había cinco habitaciones claras y altas de techo; en su despacho un escritorio nuevo y una estantería de libros. Había leído mucho y escrito bastante. Y recordaba cómo había añorado a su país natal, cómo una mendiga ciega tocaba la guitarra todos los días bajo su ventana y cantaba canciones de amor, y cómo él, escuchándola, pensaba por algún motivo en el pasado. Pero habían transcurrido ocho años y había sido reclamado de Rusia; y ahora era obispo sufragáneo, y todo el pasado se había ido alejando, esfumándose entre la bruma, como si todo hubiera sido un sueño...

El padre Sisói entró en el dormitorio con una bujía.

—A ver —preguntó con voz incierta—, ¿está ya dormido, Ilustrísima?

—¿Qué hay?

—Pues que es todavía temprano, las diez o poco menos. He comprado hoy una vela y quería darle unas friegas de sebo.

—Tengo fiebre... —dijo el obispo, sentándose en la cama—. A decir verdad, debieran darme algo. Me duele la cabeza...

Sisói le quitó la camisa y le frotó con sebo el pecho y la espalda.

—Así..., así... —decía—. Señor mío Jesucristo... Así. Hoy he ido a la ciudad y he estado en casa de..., ¿cómo se llama?, el arcipreste Sidonski. Tomé el té con él. ¡Ese hombre no me gusta! ¡Señor mío Jesucristo! Así... ¡No me gusta!

III

El obispo de la diócesis, viejo y muy grueso, padecía de reumatismo o de gota y hacía un mes que no se levantaba de la cama. El obispo Piotr le visitaba casi a diario y, en su lugar, recibía a las personas que venían a solicitar ayuda. Y ahora que también él estaba enfermo se maravillaba de la frivolidad y mezquindad de todo lo que esas personas pedían, por lo general llorando; se irritaba ante la ignorancia y la timidez de esa gente; y todo ese barullo trivial e innecesario le deprimía por su volumen mismo. Ahora creía comprender a aquel obispo diocesano que en sus años mozos había escrito La doctrina del libre albedrío y que ahora parecía abrumado por tanta fruslería; lo había olvidado todo y no pensaba en Dios. Diríase que el obispo había perdido contacto con la vida rusa durante su estancia en el extranjero, no hallaba fácil esa vida; los campesinos eran zafios, las mujeres que buscaban su ayuda le parecían fastidiosas y estúpidas, los seminaristas y sus maestros se le antojaban incultos y a veces salvajes. Y los documentos que entraban y salían ascendían a decenas de miles. ¡Y qué documentos! El clero superior de toda la diócesis daba calificaciones de conducta a los sacerdotes tanto jóvenes como viejos, incluso a sus mujeres e hijos: un cinco, un cuatro y a veces hasta un tres; y él tenía que decir algo sobre ello, leer y escribir severos informes al respecto. Y no le quedaba un solo minuto libre; tenía el alma estremecida todo el santo día. El obispo Piotr recobraba la calma sólo cuando estaba en la iglesia.

Tampoco podía habituarse al temor que muy a su pesar despertaba en la gente a despecho de su tranquila y modesta disposición de ánimo. Toda la gente de esa provincia se tornaba pequeña, asustadiza y culpable cuando él la miraba. En su presencia todos eran tímidos, incluso los arciprestes ancianos, todos «se desplomaban» a sus pies; y no hacía mucho que una señora vieja, esposa de un sacerdote de aldea, que había venido a pedirle algo, no pudo pronunciar una sola palabra del temor que sentía y se fue de allí con las manos vacías. Y él, a quien nunca se le había oído hablar mal de nadie en sus sermones, que nunca había reconvenido a nadie por la compasión que sentía por todos, se sulfuraba y tiraba al suelo las peticiones que traían. Durante todo el tiempo que llevaba allí no había habido una sola persona que le hablase con sinceridad, con sencillez, como a un ser humano; ni siquiera su anciana madre le parecía la misma. ¿Y por qué —se preguntaba— hablaba ella sin parar con Sisói y se reía tanto, mientras que con su hijo se mostraba seria, por lo común callada, encogida, lo cual no se compadecía en absoluto con su carácter? La única persona que en su presencia se comportaba libremente con él y decía cuanto le venía en gana era el viejo Sisói, que había pasado toda su vida en compañía de obispos y había sobrevivido nada menos que a once de ellos. Y por eso Su Ilustrísima se sentía a gusto con él, aunque era sin duda hombre fastidioso y ligero de cascos.

El martes después de la misa Su Ilustrísima estuvo en casa del obispo de la diócesis recibiendo peticiones; primero se agitó, luego se irritó y por fin se fue a casa. Se sentía tan indispuesto como antes y no veía el momento de meterse en la cama; pero apenas entró en su aposento le hicieron saber que había llegado el joven comerciante Yerakin, gran contribuyente a obras de caridad, a consultar con él un asunto importante. Fue necesario recibirle. Yerakin estuvo allí cerca de una hora, hablando en voz muy alta, casi a gritos, y era difícil entender lo que decía.

—Dios lo permita —dijo al salir—. ¡Absolutamente esencial! ¡Según las circunstancias, Ilustrísima! ¡Confío en que así sea!

Después de él llegó la madre superiora de un convento lejano. Y cuando ésta se fue se oyó el toque de vísperas y Su Ilustrísima tuvo que ir a la iglesia.

Al anochecer los monjes cantaron armoniosa e inspiradamente. Celebró el oficio un sacerdote joven de barba negra; y el obispo, al oír lo del Esposo que llega a medianoche y lo de la Mansión engalanada para la fiesta, no sentía arrepentimiento de sus pecados, ni aflicción, sino paz espiritual y sosiego; y se remontó con el pensamiento al pasado lejano, al de su niñez y mocedad, cuando también cantaban lo del Esposo y la Mansión. Y ahora ese pasado se le representaba vivo, bello, gozoso, como probablemente nunca lo había sido. Y quizá en el otro mundo, en la otra vida, también recordaremos el pasado remoto, esta vida de aquí, con el mismo sentimiento. ¡Quién sabe! Su Ilustrísima estaba sentado cerca del altar, en la oscuridad. Las lágrimas resbalaban por sus mejillas. Pensaba en que había logrado todo cuanto podía lograr un hombre en su situación; tenía fe y, sin embargo, no todo estaba claro; algo faltaba todavía. No quería morir; no obstante, le parecía haber fallado en lo más importante, en algo con que había soñado vagamente en cierto tiempo; y en el momento presente le inquietaban las mismas esperanzas que había tenido en su niñez en cuanto al futuro, y luego en la academia y el extranjero.

«¡Qué bien lo hacen hoy! —pensaba mientras oía a los cantores—. ¡Qué delicia!»

IV

El jueves dijo misa en la catedral. Era la ceremonia del Lavatorio. Cuando terminó el oficio y los feligreses volvían a sus casas, hacía sol y el ambiente era tibio y placentero. El agua borbollaba en los canalones y de los campos alrededor de la ciudad llegaba el incesante piar de las alondras invitando al sosiego. Los árboles se despertaban y sonreían afablemente, y por encima de ellos se extendía hacia Dios sabe dónde el cielo azul infinito e insondable.

Al llegar a casa, Su Ilustrísima tomó un poco de té, se mudó de ropa, se acostó en la cama y pidió al hermano lego que cerrara las maderas de las ventanas. La habitación quedó a oscuras. ¡Qué fatiga, qué dolor en las rodillas y la espalda, un dolor pesado y frío, qué ruido en los oídos! No había dormido en mucho tiempo —ahora le parecía que en mucho tiempo— y lo que le impedía dormir era un detalle nimio que le hurgaba en la mente tan pronto como cerraba los ojos. Al igual que la víspera, le llegaban voces de la habitación vecina a través de la pared, el ruido de vasos y cucharillas... Maria Timoféyevna, con toda suerte de metáforas chistosas, contaba algo al padre Sisói, y éste contestaba con voz malhumorada: «¡Allá ellos! ¡Ni por ésas! ¡Qué va!». Y Su Ilustrísima, una vez más, se irritaba de que con otras personas su madre se comportase de manera corriente y sencilla, mientras que con él, su hijo, se encogía, hablaba poco y no decía lo que quería decir, e incluso —o así le parecía a él— había tratado de hallar un pretexto para mantenerse de pie en su presencia durante esos días, porque se sentía violenta de estar sentada ante él. ¿Y su padre? Lo probable era que, de vivir aún, tampoco el padre hubiera podido articular una palabra delante de su hijo...

Algo cayó al suelo y se rompió en la habitación vecina. De seguro que Katia había dejado caer una taza o un platillo, porque el padre Sisói escupió de repente y dijo enojado:

—¡Qué castigo de muchacha! ¡Dios santo, perdona a este pecador! ¡No hay quien pueda con ella!

Luego todo quedó tranquilo; sólo se oían sonidos que venían del exterior. Y cuando Su Ilustrísima abrió los ojos vio que Katia estaba en la habitación, de pie e inmóvil, mirándole con fijeza. Como de costumbre, el pelo le sobresalía de la peineta a la manera de un nimbo.

—¿Eres tú, Katia? —preguntó—. ¿Quién está allá abajo abriendo y cerrando continuamente las puertas?

—Yo no oigo nada —respondió Katia poniéndose a escuchar.

—Oye, ahora acaba de pasar alguien.

—¡Pero, tío, si ése es el ruido que le viene de la barriga de usted!

Él se echó a reír y le acarició la cabeza.

—¿Conque dices que el primo Nikolasha abre a los muertos en canal? —preguntó él tras un momento de silencio.

—Sí. Está estudiando.

—¿Y es bueno?

—¡Oh, sí, es bueno! Lo único es que bebe mucho vodka.

—Y tu padre, ¿de qué enfermedad murió?

—Papá estaba muy débil y delgado. Y de repente se le puso mal la garganta. Yo también estaba mala entonces... y mi hermano Fedia: todos teníamos mala la garganta. Papá murió, tío, pero nosotros nos pusimos bien.

Empezó a temblarle el mentón; se le saltaron las lágrimas y le resbalaron por las mejillas.

—Ilustrísima, tío —dijo con voz aguda llorando ya amargamente—, mamá y todos nosotros somos ahora muy desgraciados... Denos un poco de dinero... Hágalo, por favor..., querido tío...

Él también rompió a llorar, y de la pena que sentía no pudo articular palabra en bastante rato. Luego pasó la mano por la cabeza de la muchacha, le dio una palmadita en el hombro y dijo:

—Bien, bien, muchacha. Cuando llegue la Pascua florida hablaremos de ello... Yo os ayudaré... Os ayudaré...

Callada y tímidamente entró la madre y rezó delante del icono. Al notar que su hijo no dormía preguntó:

—¿No tomará usted una cucharadita de sopa?

—No, gracias... —respondió él—. No me apetece.

—Ahora que le miro... Me parece que no está usted bien. Todo el santo día de pie, todo el santo día... ¡Dios mío, le duele a una el alma sólo de mirarle! Pero, bueno, la Pascua no está ya lejos y descansará usted entonces, ¡Dios lo quiera así! Entonces hablaremos, pero ahora no voy a importunarle con mi cháchara. Ven, Katia, deja que Su Ilustrísima duerma un poco.

Y él recordaba que una vez, hacía mucho tiempo, cuando era un arrapiezo, ella había hablado exactamente así, en ese tono a la vez festivo y respetuoso, con un alto dignatario de la Iglesia... Sólo por sus ojos tan sumamente bondadosos, por la mirada tímida e inquieta que de soslayo le dirigió al salir de la habitación hubiera podido colegirse que era su madre. Él cerró los ojos y parecía dormir, pero oyó dos veces que el reloj daba la hora y oyó también al padre Sisói toser al otro lado de la pared. Y una vez más entró su madre y estuvo mirándolo tímidamente durante un minuto. Alguien llegó ante la entrada del monasterio, en coche o carretela a juzgar por el sonido. De pronto una llamada y una puerta que se cerraba de golpe. El hermano lego entró en el dormitorio.

—¡Ilustrísima! —gritó.

—¿Qué hay?

—Han llegado los caballos. Es hora del oficio de vísperas.

—¿Pues qué hora es?

—Las siete y cuarto.

Se vistió y fue conducido a la catedral. Durante los «Veinte Evangelios» tuvo que estar de pie en medio de la iglesia, sin moverse, y él mismo leyó el primer evangelio, el más largo y bello de todos. Se sentía vigoroso y animado. Ese primer evangelio, «Ahora es glorificado el Hijo del Hombre», se lo sabía de memoria; y al leerlo levantaba los ojos de vez en cuando y veía a ambos lados un mar entero de luces y oía el chisporroteo de las velas, pero al igual que en años anteriores no veía a la gente, y le parecía como si ésta fuese la misma gente que había estado a su alrededor en días pretéritos, en su niñez y mocedad; y que sería la misma gente cada año, y lo seguiría siendo hasta Dios sabía cuándo.

Su padre había sido diácono, su abuelo sacerdote, su bisabuelo diácono, y todo su linaje, quizá desde la época en que Rusia aceptó el cristianismo, había pertenecido a la Iglesia; y su amor a los oficios divinos, al sacerdocio, al tañer de las campanas, era en él congénito, profundo e inextirpable; en la iglesia, sobre todo cuando él mismo participaba en los oficios, se sentía esforzado, alegre, feliz. Lo mismo ocurría ahora. Sólo cuando concluyó la lectura del octavo evangelio empezó a sentir que le flaqueaba la voz, que su tos misma era apenas perceptible, que le dolía fuertemente la cabeza. Le acosaba el temor de desplomarse. Y, efectivamente, tenía las piernas entumecidas hasta el punto de no sentirlas, y no podía comprender por qué estaba todavía de pie, por qué no se caía...

Eran ya las doce menos cuarto cuando acabaron los oficios. Al legar a casa, Su Ilustrísima se desnudó y se acostó en seguida, sin decir siquiera sus oraciones. No podía hablar y creía que tampoco podía tenerse en pie. Cuando se tapó con la colcha tuvo de pronto el deseo de verse en el extranjero, ¡un deseo insoportable! Tenía la impresión de que hubiera dado la vida por no ver esas maderas de la ventana tan baratas y miserables, esos techos tan bajos, por no respirar ese agobiante olor a monasterio. ¡Si al menos hubiera habido una sola persona con quien hablar, a quien poder abrir su corazón!

Durante largo rato estuvo oyendo pasos en la habitación vecina, sin poder decir de quién eran. Por fin se abrió la puerta y entró Sisói con una vela y una taza en la mano.

—¿Está ya en la cama, Ilustrísima? —preguntó—. ¡Y yo que vengo a darle unas buenas friegas de vodka y vinagre! Un buen refregón es de mucha utilidad. ¡Señor mío Jesucristo! Así... sí, así... Acabo de estar en nuestro monasterio... ¡No me gusta! Me voy de aquí mañana, Ilustrísima; no quiero estar más aquí. Señor mío Jesucristo... Sí, así...

Sisói no podía estar largo rato en un mismo sitio; le parecía llevar ya un año entero en el monasterio Pankrátievski. Pero sobre todo al escucharle era difícil sacar en claro dónde estaba su casa, o si sentía afecto por alguien o por algo, o si creía en Dios... Ni él mismo sabía por qué se había metido monje; no pensaba en ello. Y la época en que tomó los hábitos se había borrado de su memoria hacía ya largo tiempo. Habríase dicho que había nacido monje.

—¡Me voy mañana y quédense todos con Dios!

—Quisiera hablar con usted... y no hallo ocasión de hacerlo —dijo el obispo con voz apagada, haciendo un esfuerzo—. Aquí no conozco a nadie...

—Me quedo hasta el domingo si así lo desea, pero no quiero estar más tiempo. ¡Estoy harto de todos ellos!

—¡Valiente obispo soy! —siguió diciendo Su Ilustrísima con voz leve—. Más valdría que fuese sacerdote de aldea, diácono... o sencillamente monje... Me oprime todo esto... me oprime...

—¿Qué dice? ¡Señor mío Jesucristo! Sí, así... ¡Ahora a dormir, Ilustrísima! ¿A qué viene hablar? De nada sirve. ¡Buenas noches!

Su Ilustrísima no pegó ojo en toda la noche, y a la mañana siguiente, a eso de las ocho, tuvo una hemorragia intestinal. El hermano lego se asustó y fue corriendo al archimandrita, primero, y luego al médico del monasterio, Iván Andréich, que vivía en la ciudad. El médico, un viejo corpulento de larga barba gris, examinó detenidamente al obispo, sacudiendo la cabeza y frunciendo el ceño. Por fin dijo:

—¿Sabe Vuestra Ilustrísima? ¡Lo que tiene usted es tifus abdominal!

Tras una hora poco más o menos de hemorragia, Su Ilustrísima parecía mucho más delgado, más pálido, más consumido; tenía la cara más arrugada, los ojos más grandes y, como si hubiese envejecido, parecía más pequeño. Él mismo creía estar más flaco y más débil, más insignificante que todos los demás; y se le figuraba que todo lo que había sido se había ido lejos, muy lejos, para no repetirse ni prolongarse más.

«¡Qué bien! ¡Qué bien!», pensaba.

Entró su anciana madre. Al ver la cara arrugada y los ojos grandes de su hijo se asustó, cayó de rodillas junto a la cama y empezó a besarle la cara, los hombros, las manos. A ella también le parecía que estaba más delgado, más débil y más insignificante que los demás; y ahora, sin acordarse ya de que su hijo era obispo, le besaba como si fuera un niño muy preciado, muy querido.

—¡Pavlusha, cariño —decía—, mi hijo querido! ¡Pavlusha, contéstame!

Katia, pálida y seria, estaba de pie junto a ella, sin comprender lo que le ocurría a su tío, ni por qué su abuela tenía aquella expresión de tanta pena en su cara, ni por qué decía aquellas frases tan tiernas y tristes. Pero ya entonces él no podía articular palabra, no entendía nada, y se imaginaba que era un hombre común y corriente que caminaba ligero y alegre por el campo, golpeando el suelo con su bastón, y que allá arriba, por encima de él, se extendía el ancho cielo inundado de sol, y que él, libre ahora como un pájaro, podía ir a donde le diera la gana.

—¡Pavlusha, contéstame! —decía la anciana—. ¿Qué te pasa, cariño?

—No moleste a Su Ilustrísima —dijo Sisoi enojado, deambulando por la habitación—. Déjele que duerma... No hay nada que hacer... ¿De qué vale?...

Llegaron tres médicos, hubo consulta entre ellos y luego se marcharon. El día fue largo, increíblemente largo; luego llegó la noche, una noche también lenta, muy lenta, y al filo de la mañana del sábado fue el hermano lego a ver a la anciana madre, que estaba acostada en un sofá de la sala, para decirle que entrase en el dormitorio: Su Ilustrísima acababa de morir.

El día siguiente fue el Domingo de Resurrección. En la ciudad había cuarenta y dos iglesias y seis monasterios: el gozoso repicar de las campanas repercutió incesante por toda la ciudad, de la mañana a la noche, haciendo vibrar el aire primaveral. Cantaban los pájaros y el sol brillaba espléndido. En la gran plaza del mercado todo era ruido: mecíanse los columpios, tocaban los organillos, chirriaban los acordeones, chillaban voces de borrachos. A partir de mediodía la gente empezó a ir y venir en coche por la calle principal. En suma, todo era alegría y contento, igual que había sido el año anterior y que probablemente sería el año siguiente.

Un mes más tarde fue nombrado el nuevo obispo sufragáneo y ya nadie se acordaba del obispo Piotr. Y más tarde se olvidaron por completo de él. Sólo su anciana madre, que vive ahora en un pueblecillo lejano del distrito con su yerno el diácono, cuando al atardecer sale a buscar a su vaca y encuentra a otras mujeres en el prado, empieza a hablar de sus hijos y sus nietos, y dice haber tenido un hijo que era obispo, pero lo dice tímidamente, como si temiese que no se lo creyeran...

Y de hecho no todas se lo creen.